황금 동굴의 소녀들

황금 동굴의 소녀들

이수복 지음

우리나비

차례

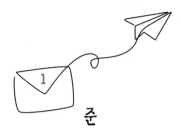

1

준

"이번 콘서트에는 안 갈 수가 없겠어."

LTC 멤버 중 내 최애는 Joon이다. 처음부터 Joon이 내 최애
는 아니었다. 지난봄 그날 내 친구 희정이가 어처구니없는 이
유로 약속을 깨뜨리지 않고 나와 같이 그 식당에 가기만 했어
도 아직까지 내 최애는 Navy로 남아 있었을 것이다.

"오늘 밤에는 거리에 술 먹고 화내는 사람들이 많을 거라고
엄마가 신사동까지 가지 말래. 우리 다음에 같이 가자."

핸드폰에 뜬 희정이의 메시지를 보자 나도 모르게 짜증이 확 일어났다.

'그래, 너는 오늘도 집에서 엄마랑 놀아라. 나 혼자 가서 순두부찌개 2인분 다 먹고 식당 앞 마트에 가서 Navy가 즐겨 먹던 아이스크림까지 꼭 먹고 온다.'

나는 속으로 이렇게 대꾸하고는 희정이에게 이렇게 대답을 할까 말까 망설였다.

"그래, 우리 다음에 같이 가자."

이건 오빠가 나에게 친구들이랑 그만 좀 싸우라며 알려 준 대화법이다.

"정우야, 네가 친구들과의 대화에서 기분이 상하는 것은 대화의 내용으로 인해 네 몸이 더 많은 에너지를 써야 한다고 뇌가 예상해서 보내는 신호 때문이야. 그건 꼭 네 친구의 잘못이 아닐 수도 있으니까 기분이 상하는 순간 무조건 욱하고 친구에게 반응하면 안 돼. 그런 반응 때문에 매번 친구들이랑 싸

우게 되니까 말이야. 우선 네가 하고 싶은 말을 참아 봐. 그리고 친구가 한 말을 약간 변형해서 짧게 대화를 마무리하는 연습을 해 봐. 그리고 너 좋아하는 기타라도 치면서 화 좀 식히고. 알았지?"

오빠의 말이 잘 이해는 되지 않았지만 친구들과의 말다툼을 피하기 위해 시키는 대로 시도는 해 보는 중이다. 그런데 이게 말이 쉽지 실제로는 실행하기가 여간 어려운 것이 아니다. 그래서 쉽게 대답은 못 하고 화난 마음을 식히려고 기타만 치는 탓에 요새 기타 연주 실력이 급상승하는 중이다.

오빠가 알려 준 이런 대화는 아직까지 내가 할 수 있는 종류의 것이 아닌 것 같다. 나도 어른이 되면 저렇게 느긋하게 말을 하면서 살 수 있으려나. 하지만 재밌는 것은 정작 어른인 오빠가 이런 식으로 말하는 건 거의 못 들어 봤다는 것이다. 하긴 군대 간다고 휴학하고는 집에만 있어 다른 사람과 대화 자체를 하는 걸 못 본 지가 한참이니까.

아무튼 그날도 나는 결국 희정이에게 아무 대꾸도 않고 혼자서 Gardener들의 성지인 신사동의 순두부찌개 식당으로 서둘러 갔다. 희정이와의 일은 나중에 생각하기로 했다.

평일 저녁인데도 불구하고 식당 앞에는 세계 각지에서 온 많은 외국인 Gardener들이 이미 긴 대기줄을 만들고 있었다.

"성지 순례 인증."

길게 줄을 선 Gardener들은 지친 내색 하나 없이 스마트폰으로 인증샷과 동영상을 찍으면서 이 상황을 즐기고 있었다.

'그래, 성지에 왔는데 줄을 선 사람들이 안 보이면 오히려 서운했겠지.'

나도 그들 사이에 껴서 '황금 달걀 순두부찌개'라는 식당 이름이 보이는 각도로 셀카를 찍었다. 그리고 어플로 약간 보정을 한 후 내심 희정이가 얼른 봤으면 하는 마음으로 메신저의 배경 화면을 바꿨다.

'희정이, 이 배신자야. 이거나 봐라.'

한 시간은 넘게 기다린 것 같다. 드디어 내 차례가 되어 나는 식당 안으로 들어갔다. 식당은 팬클럽 카페에서 사진으로 익숙히 봐 왔던 곳이라 낯설지는 않았다. 그러나 실제로 식당을 보니 사진으로 봤던 것보다는 훨씬 더 작게 느껴졌다. 메뉴는 매운 국물의 빨간 순두부찌개와 안 매운 국물의 하얀 순두부찌개 두 가지였고, 크기는 보통과 대자가 있었다. 순두부에 넣어 먹는 계란은 무제한으로 제공된다는 커다란 안내문이 기둥에 붙어 있었다. LTC가 이 식당 단골이 된 이유가 무제한으로 제공되는 계란이 있었기 때문이라는 인터뷰를 본 적이 있다. 나는 보통 크기로 빨간색과 흰색을 하나씩 주문하고는 계란은 몇 개나 먹을 수 있을까 생각하며 신발을 벗을 준비를 했다.

"학생, 혼자 온 거야? 혼자면 뒤에 있는 외국 학생들이랑 합석해도 될까?"

"그럼요, 이모님!"

"학생이 대답을 착하게도 하네."

나는 뒤를 돌아보면서 신발을 벗고 외국 Gardener 두 명에게 손으로 따라오라는 몸짓을 하면서 방으로 올라갔다. 다른 사람이랑 같이 앉을 줄 알았으면 양말을 신고 올걸 그랬다.

양반다리로 오래 앉아 있는 건 한국 사람인 내게도 힘든 일이라 외국인들이 과연 양반다리를 하고 식사를 할 수 있을지 걱정이 되었다. 그런데 이런 내 걱정이 무색하게도 두 명의 외국인은 익숙하다는 듯 양반다리를 하고 나보다 먼저 방석 위에 털썩 앉았다.

"Who's your ultimate bias?"

짧은 갈색 머리를 흐트러트린 세련된 헤어스타일을 한 흑인 소녀가 자리에 앉자마자 기다렸다는 듯 나에게 물었다.

"내 최애는 Navy. 네 최애는 누구야?"

"Joon, definitely."

소녀의 눈이 반짝거렸다. 소녀의 입에서 Joon이라는 이름이 나오자 식당 안의 분위기가 달라졌다. 식당에 있는 모두가 Joon을 찬사하기로 예정되어 있는 흑인 소녀의 목소리를 듣기 위해 귀를 쫑긋 세우고 속으로 이렇게 외치고 있는 것 같았다.

'자, 우리는 들을 준비가 다 됐어. 이제 찬사를 시작해.'

소녀는 식당 안 모두의 마음을 이해한다는 듯 Joon에 대해 이야기하기 시작했다. 그런데 그 소녀가 하는 이야기는 내가 기대했던 바와는 많이 달랐다. 나는 소녀가 Joon의 탄탄한 라이브 실력이라든가, 무대 밖에서 보여 주는 애교라든가, 아니면 미소 지을 때 살짝 들리는 왼쪽 눈썹 등에 대해 얘기하기를 기대하며 거기에 호응하기 위해 기다리고 있었다. 하지만 소녀의 입에서는 전혀 다른 이야기가 흘러나왔다.

솔직히 영어로 하는 소녀의 말을 다 알아들은 것은 아니고 단어만 띄엄띄엄 알아들었다. 그래도 다양한 reaction video 를 통해 LTC에 관한 영어 단어에는 제법 익숙해진 상태였기 때문에 소녀가 하는 말의 요지는 파악할 수 있었다. 소녀는 LTC의 발전은 모두 Joon에게서 시작된다는 주장을 했다. 그리고 데뷔할 때부터 지금까지 나온 노래에서 Joon이 부른 파트의 가사를 보면 LTC의 변화를 이해할 수 있다는 말을 덧붙였다.

"이건 너무 bias된 내용인걸. 그래도 처음 듣는 얘기이니 더 알아볼 가치가 있겠어."

소녀의 이야기에 흥미를 느낀 나는 그날 이후로 Joon에 대해 관심을 더 쏟게 되었다.

'내가 왜 여태 이걸 몰랐을까?'

그 소녀의 관점에 따라 바라본 Joon은 정말로 기존에 내가 알던 사람과는 전혀 다른 존재 같았다. 그리고 서서히 Joon에게 빠져들었다.

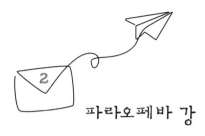

파라오페바 강

'우리들의 반죽기는 도서관에 있지.'

1집에 실린 〈라임머랭타르트〉에서 Joon이 특유의 저음으로 속삭이는 가사이다. 처음 가사를 들었을 때 조금 이상하기는 했다. 도서관에 책이 아니라 반죽기가 있다고 하니까 말이다. 도서관 식당에서 요리를 하는 내용인가 싶기는 했는데, 별로 신경 쓰지는 않았다. 그때만 해도 신나는 멜로디와 댄스에 더 관심이 갔고 가사에 대한 궁금증은 그리 크지 않았기 때문이다.

"He is singing about libraries of things."

식당에서 만난 소녀는 Joon의 관점에서 〈라임머랭타르트〉
는 사물 도서관에 대한 이야기라고 하였다. 다른 멤버들이 이
성에게 인정받고 싶은 마음을 노래할 때 Joon은 순환하는 삶
에서 포착되는 다양한 사랑의 의미를 노래한다는 것이다. 그
리고 이런 식의 해석은 모든 노래에서 공통적으로 발견되는
특징이라고 했다.

'나는 파라오페바 강의 흙인형.'

이 가사는 〈Dream?〉에서 다른 멤버들이 'I really don't
care. Do you?'를 노래한 후 Joon이 부르는 노랫말이다. 이 가
사를 해석하는 것이 Joon을 최애로 삼는 Gardener들의 신종
수수께끼 놀이이다. 이 중 사람들에게 가장 지지를 많이 받았

던 해석은 브라질의 파라오페바 강 부근에서 발견되는 흙인형이 사실은 악몽을 상징하는 것이고, Joon은 꿈과 희망으로만 가득 찬 이 노래에서 홀로 악몽을 노래하여 인생의 양면성을 표현한다는 내용이었다. 그것은 내 생각에도 그럴 듯한 해석이었지만 이 해석은 파라오페바 강 근처 마을에 흙인형 따위는 없다는 브라질 Gardener의 등장과 함께 한순간에 사라져 버렸다. 그리고 여전히 새로운 해석들이 종종 등장하고 있다.

아무튼 내가 Joon의 가사 수수께끼 놀이에 참여하는 등 Gardener로서 활동을 이어 가던 중에 포털 사이트에 LTC의 월드 투어 마지막 콘서트는 올해 10월에 오사카에서 열린다는 기사가 떴다. Joon은 그 콘서트에서 자신의 팬들에게 들려줄 미발표 곡을 부르겠다고 인터뷰를 했다. Gardener들 사이에서는 이 콘서트를 마지막으로 Joon이 LTC 활동을 중단한다는 추측이 난무했다. 이제서야 Joon을 최애로 삼기 시작한 것 같은데 벌써 이별을 해야 하다니. 이렇게 허무하게 내 최애를 보낼 수는 없었다. 반드시 오사카에서 열리는 이 콘서트에 가서 Joon을 보아야 했다.

"정우야, 꿈도 꾸지 마라. 아줌마가 널 오사카까지 보내 줄 리가 없지."

희정이가 또 속을 긁는데 언제나 그랬듯이 딱히 틀린 말은 아니어서 순순히 인정할 수밖에 없다.

믿을 사람은 이제 오빠밖에 없다.

"오빠, 뭐 해?"

조심스레 오빠 방으로 들어가자 오빠가 어떻게 알았는지 모니터에서 눈도 떼지 않은 채로 말했다.

"나까지 그 LTT인가 뭔가 하는 네 취미에 끼어들게 하지 마라. 너 빌려줄 돈 있으면 내가 채굴기를 하나 더 사서 돌리지."

"LTT가 아니고 LTC라고 몇 번을 말해. 그리고 여기가 무슨 광산이야? 방 안에서 무슨 채굴을 해?"

"어린이는 몰라도 된다. 너도 굿즈 같은 거 이제 그만 사고 차라리 그 돈을 오빠한테 투자하는 게 어때? 베개만 대면 곯아떨어지는 애가 무드 등이 도대체 왜 필요하냐? 어렸을 때부터 생산적인 일을 해야 한다고. 여기 와서 잘 봐 봐. 이 채굴이란 게 말이야…."

나는 말을 돌리려는 오빠를 힘껏 쏘아보고는 문을 쾅 닫고 방에서 나왔다.

'대학생이면 뭐해. LTC의 가치도 모르면서. 만날 노트북만 들여다보고 있고.'

그래서 나는 그날 이후로 엄마 몰래 할 수 있는 아르바이트를 찾기 시작했다.

'그래, 자본주의 사회에서는 모름지기 자기 힘으로 돈을 벌어서 콘서트에 가야지.'

아르바이트를 하기에는 패스트푸드점이나 편의점이 무난

해 보였는데, 문제는 어디를 가도 '중학생 아르바이트 부모님 동의서'를 요구한다는 점이었다.

"차라리 엄마가 LTT의 팬이 되게 만들어서 같이 오사카로 가는 게 더 빠르겠는데."

몇 날 며칠 고민하는 나를 보며 오빠가 웃으며 이야기했다.

"LTC라고. 오빠, 지난번에 말한 그 채굴이라는 게 잘 되면 동생의 미래를 위해 투자 좀 하는 게 어때?"

"네가 콘서트장 가는 게 어떻게 투자가 되냐?"

"동생이 콘서트를 봐서 행복하게 되면 오빠도 기분이 좋아지고, 그러면 건강해져서 군대도 잘 갔다 오고. 뭐 그런 게 다 투자 아니겠어?"

"우리 정우가 이제 말은 잘하네. 그런데 이제는 내가 너를 도와주고 싶어도 도와줄 수가 없다. 요새 오빠 얼굴 반쪽된 거 보이냐, 안 보이냐? 오빠 요새 마음고생이 심하다. 하나밖에 없는 동생이 오빠에게 좀 잘 대해 줘야 하지 않겠냐? 뉴스 안 봤어? 가상화폐 가격이 폭락해서 채굴기를 돌려도 전기료도 못 건지고 있다."

"오빠 얼굴이야 원래 삐쩍 곯았잖아. 그러게 그 돈 나한테 나 주지. 뭐하러 거기다 돈은 써 가지고. 아니면 군대 가기 전에 여행이라도 다니든가."

"그러게 말이다. 이럴 줄 알았으면 컴퓨터 살 돈으로 우리 정우 오사카 갈 비행기표나 사 줄걸 그랬다. 가상화폐 채굴도 망했고, 이제 뭐 하지. 가상화폐 말고 어디 가서 진짜로 황금이나 확 캤으면 좋겠다."

오빠의 황금이란 말에 갑자기 하나의 이야기가 머릿속을 스쳐 지나갔다.

"아, 황금! 오빠, 기억나? 엄마 어렸을 때 동굴에서 황금 봤다고 했지?"

"나중에 외할머니한테 물어보니 엄마가 꿈속에서 본 걸 헷

21

갈려하는 거라고 하셨어. 그때 외할머니가 엄청 엄하게 말씀하셔서 굉장히 무서웠지."

"엄마는 나한테는 계속 진짜 황금을 본 거라고 하셨는데. 지금이라도 그 황금 찾으면 나 콘서트 갈 수 있겠다. 그치?"

"콘서트가 문제겠냐? 아예 기획사를 차릴 수도 있겠다."

"나는 콘서트 보는 것만으로도 만족해. 새 기타를 하나 살 정도로 황금이 있으면 더 좋고. 그런데 그 황금 말이야… 아직까지도 동굴 속에 있을까?"

'엄마, 언제 집에 와?'

문자를 보낸 지 한참이 지나서 엄마한테서 답장이 왔다.

'아직 외할머니가 못 깨어나셔서 언제 갈 수 있을지 모르겠어. 집에 무슨 일 있어?'

'아니, 그냥 엄마 언제 오나 궁금해서 물어본 거야.'

'이번 주말에 이모가 온다고 했으니 그때 잠깐 집에 들를게.

말썽 부리지 말고 밥 잘 챙겨 먹고 공부하고 있어.'

엄마의 문자에 기운이 전혀 없는 것 같았다. 외할머니의 상태가 생각보다 심각한가 보다. 가족들이 다들 엄마한테 고생하지 말고 간병인을 부르자고 했는데, 엄마는 별말 없이 있더니 직접 간병을 시작하셨다. 어렸을 때 친척 어른들이 하는 대화에서 외할머니가 병원에서 오랫동안 간병인으로 일하면서 엄마를 키웠다는 이야기를 들은 적이 있다. 물어보지는 않았지만 엄마가 외할머니를 직접 간병하는 것은 아마도 그것과 관계가 있는 것 같다.

엄마는 그 주 주말에 집에 오지 못했다. 이모가 갑자기 주말에 일이 생겼다고 연락이 왔다고 했다. 그래서 내가 엄마 속옷이랑 갈아입을 옷을 챙겨 병원으로 갔다. 냉장고에 있는 마늘장아찌랑 깻잎 조림을 싸 오라고 하시는데 어떤 그릇에 넣어갈지 몰라 그냥 옷만 챙겨 집을 나섰다. 엊그제 작곡한 노래를 엄마한테 들려주기 위해 기타를 들고 갈까 하다가 옷가방을 들고 기타까지 메고 갈 생각을 하니 무리다 싶어 기타는 두고 나왔다. 노래는 외할머니 퇴원하시면 들려 드리면 되니까. 오늘의 목표는 동굴 속 황금이 있는 위치를 알아내는 것이다. 엄마가 동굴 속 황금이 있는 위치를 잘 기억하고 있을지 약간 걱정이 되었다.

집에서 송파구에 있는 병원까지 가는 길은 멀다. 전철을 한 번 갈아타고 한 시간은 가야 병원 근처 전철역에 도착한다. 2호선에는 항상 사람들이 바글대는데 토요일이라고 예외는 아니다. 무선 이어폰이 없었다면 도무지 갈 엄두도 못 냈을 것이다. 노래를 속으로 흥얼거리며 타고 가다 보면 2호선은 지상 구간으로 진입한다. 이때 듣고 있는 노래와 전철 안의 바뀐 분위기에 따라 머릿속에서 새로운 멜로디가 떠오르기도 하는데, 그 멜로디를 붙잡기 위해 내릴 역을 지나친 적도 몇 번 있다. 잠실역을 지나쳐 강변역으로 가는 철교 위에서는 항상 얇은 하늘과 굵은 한강이 보였다. 조금 이따 만약 석양이 질 무렵에 지나게 된다면 굵은 황금빛 강물을 볼 수 있겠다.

"아까 출발한다더니 왜 이렇게 늦었어?"

"한 정거장 더 갔다가 돌아왔어."

"전철에서 잤어?"

"응."

"엄마, 샤워했어?"

"응, 우리 딸 온다고 샤워하고 왔지."

"할머니는 아직도 안 일어나셨어?"

"아직 혼수상태인데 곧 일어나실 거야. 배 고프지? 식당에서 엄마랑 저녁 먹고 집에 가라."

토요일 저녁 시간의 식당은 한산했다. 분식점은 일찍 문을 닫아서 한식당으로 들어갔다. 해물순두부찌개를 2개 주문했다.

"엄마, 옛날에 동굴에서 황금 봤다고 했지?"

"그걸 기억하고 있었어? 동굴 호수 전체가 번쩍번쩍 빛날 만큼 호수 안에 황금이 가득 차 있었지."

"그 얘기 좀 자세히 해 줘."

"갑자기 그게 왜 궁금해?"

"오다가 그냥 생각이 나서."

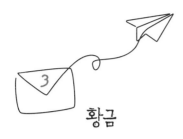

황금

"그때가 1985년, 내가 중학교 2학년 때였으니까 지금 너보다도 한 살 어릴 때였어. 그때 집안 형편이 조금 좋지 않았어. 돌아가신 너희 외할아버지가 택시 운전 하시다가 사고가 나서 일을 쉬고 계셨거든. 그래서 외할머니가 병원에서 간병 일도 시작하셨고. 그런데 내가 클래식 기타 동호회에 들어가겠다면서 너희 외할머니한테 기타를 사 내라고 조르고 다녔지 뭐야. 내가 막내라 철이 안 들어서 그랬던 건지 몰라도 집안 어려운 건 생각도 못 하고 있을 때였지."

"엄마는 클래식 기타 동호회에 왜 그렇게 들어가고 싶었어?"

"중학교 입학하고 학교 강당에서 기타 동호회의 봄 정기 연주회를 한다길래 친구들이랑 보러 갔는데, 거기에 엄청 멋진 여학생이 나와서 동호회 소개를 하는 거야. 그래서 한눈에 반해서 동호회에 들어가야겠다고 생각했지."

"그 여학생이 그렇게 멋있었어?"

"장만옥이 학교에 온 줄 알았어. 너도 한번 상상해 봐. 기타 치는 장만옥이라니. 엄청 멋지지 않니? 아, 너는 장만옥이 누구인지 모르겠구나. 아무튼 동호회에 안 들어가고 배길 수가 없었지. 그래서 네 외할머니한테 며칠을 조르고 졸라서 중고 기타를 하나 샀어. 그리고 동호회에 들어갔지."

"엄마도 참 대단했네."

"그럼, 너 지금 기타 치는 것도 다 내가 그때 기타 배워서 할 수 있는 거니까 고마워해라."

'엄마는 클래식 기타를 치는 거고 나는 어쿠스틱 기타를 치는 건데….'

속으로 생각했지만 말하지는 않았다.

"아무튼 그래서 동굴에는 왜 갔어?"

"그게 그 동호회에 비밀 연습 공간이 있었는데, 바로 그 동굴이었지 뭐니."

"왜 동굴에서 연습을 해?"

"학교에서 동호회를 만들어 주기는 했는데 애들이 공부하는 데에 방해된다고 늦게까지 연습은 못 하게 했거든. 그런데 학교 말고 우리가 따로 연습할 곳이 있어야지. 그래서 생각해 낸 것이 동굴이었어. 아직 광명 동굴 안 가 봤지? 지금 대중에게 공개된 곳은 동굴 길의 아주 일부이고 그 안쪽에 길이 엄청나게 많거든. 그중에 소리가 엄청 잘 울려서 연주하기 좋은 작은 공간이 한 곳 있어. 우리는 공연 날짜가 잡히면 저녁 먹고 만나서 손전등 하나씩 들고 동굴 안에 들어가서 매일같이 연습했지."

"할머니가 뭐라고 안 하셨어?"

"할머니는 일 다니느라 바쁘셔서 내가 연습하러 다니는지도 모르셨어. 게다가 나 어렸을 때부터 할머니는 나한테 절대로 동굴에 들어가지 말라고 하셔서 비밀로 할 수밖에 없었지. 너희 할머니는 그 동네에서 평생을 사셨어도 그 동굴에 여태까지 한 번도 들어가지 않으셨단다. 동굴에서 무슨 일이 있으셨던 건지 도무지 말씀을 잘 안 하셔서 이유는 잘 모르겠지만. 그래도 나는 어렸을 때 네 외할아버지랑 둘이서 몰래 동굴로 지나다녀서 동굴 길은 잘 알고 있었어."

"외할머니가 외할아버지한테는 뭐라고 안 하셨나 봐?"

"네 외할아버지가 엄마 태어나기 전에는 광산에서 일하셨단다. 그래서 외할머니가 처음에는 외할아버지랑 절대로 결혼 안 하려고 하셨대. 뭐 결국에는 결혼도 하고 얼마 있다가 외할아버지랑 동료들이 광산에서 집단으로 해고되는 바람에 외할머니 바람대로 동굴에 갈 일도 없게 됐지만 말이야. 어찌 됐든 외할아버지는 광산 안에서 직접 길을 만들기도 하실 만큼 그 동굴에 대해서는 모르는 게 없으셨으니 나 데리고 동네 밖으로 나올 때 외할머니 몰래 동굴 지름길로 다니셨어."

"그럼 엄마도 동굴 속 길에 대해서 잘 알겠네?"

"거기가 지름길이니까 그때 동네 사람들도 동굴 길로 많이 다녀서 나뿐만 아니라 다들 다니는 길은 잘 알았지. 하지만 평소에 안 다니는 깊숙한 곳은 위험해서 자주 가지는 않았어. 사람들이 새우젓을 저장해 놨던 곳들 중에서 냄새가 안 빠진 곳들도 꽤 있어서 냄새 때문에 여기저기 다닐 마음도 크게 있지는 않았지."

"그래서 황금은 어떻게 본 거야?"

"초여름이었는데 저녁 먹고 창밖을 보니 비가 부슬부슬 내리기 시작하더라. 그래서 비가 더 심해지기 전에 가야겠다 싶어서 먼저 동굴 입구에 도착했어. 혼자 동굴 안으로 들어가려니 조금 무섭기는 했지만 곧 있으면 사람들이 올 테니 부족한 파트나 연습하고 있자 싶어서 그냥 안으로 들어갔지. 한참 들어가니까 반대편에서 오는 동네 어른들도 보여서 인사하고 걸어가니 금세 무서운 것도 사라지더라. 그래서 편안한 기분으로 동굴 계단으로 내려가서 쭉 걸어가는데 그날따라 평소에 연습하던 공간이 안 나타나는 거야. 그래서 길을 잘못 들었나 싶어서 다시 반대쪽으로 걸어 나오는데 평소에 다니던 큰길은 안 보이고 계속 좁은 통로만 나오더라고. 그래서 위로 갔다 아래로 갔다 하면서 동굴 길을 한참 헤맸어. 옛날 어른들이 도깨비한테 홀리면 그렇게 된다고 하던데 꼭 그런 것 같더라. 물론 도깨비 같은 건 안 나왔지만."

"그래서 어떻게 밖으로 나왔어"

"너무 힘들어서 좀 쉬어야겠다 싶어 주저앉았어. 그런데 앉아서 가만히 있으니 물방울 떨어지는 소리가 들리더라. 밖에서 비가 오고 있으니 물방울 떨어지는 소리가 나는 곳이 동굴 입구 근처일 거라고 생각해서 물방울 소리를 따라갔지. 쭉 소리를 따라 걸어가니까 저 멀리 희미하게 별빛 같은 게 보이더라. 그게 입구인 줄 알고 이제 살았다 싶어서 뛰기 시작했어."

"그런데 입구가 아니었구나?"

"맞아. 그게 입구가 아니라 손전등 빛에 비친 멀리 있던 동굴 벽이었던 거야. 가까이 갈수록 번쩍번쩍 빛이 나길래 이게 뭔가 싶어서 다가가는데 질척질척한 바닥에 발이 쭉 미끄러지더니 옆에 있는 동굴 호수에 풍덩 빠져 버렸어. 미끄러지면서 손전등도 같이 빠졌는데, 그때 손전등에 비친 동굴 호수 안을 가득 채운 번쩍번쩍 빛나는 황금을 봤지."

"우와, 그래서 어떻게 됐어?"

"내가 물에서 나오려고 허둥대던 것까지는 기억이 나는데 그 뒤로는 도통 기억이 나질 않아. 내가 미끄러지면서 소리를 질렀는데 친구들이 그 소리를 듣고 달려와서 나를 찾았대. 그런데 나를 찾은 곳이 물웅덩이는 아니고 원래 다니던 연습 장소로 들어가는 통로 입구였다고 하더라. 날 발견했을 때 온몸이 흠뻑 젖어 있었다고는 했는데 아무도 내가 하는 말을 믿지는 않았어. 내가 넘어져 기절하면서 꿈을 꾼 거라고 다들 그랬지. 그때 네 할머니가 병원에서 일하다 연락을 받고 놀라서 집까지 한걸음에 달려오셨는데 내가 기절해 있으니까 펑펑 우셨대. 그러다 내가 깨어나니까 나를 어찌나 심하게 혼내시던지 아직까지도 기억이 생생하네. 할머니가 워낙 엄하게 혼내셔서 그 일 이후로 기타 동호회는 더 이상 못 나가게 됐고 동굴 근처도 얼씬거리지 못했어. 네 외할아버지도 나를 데리고 동굴을 지나다닌 게 들통나서 그날 이후로 외할머니한테 꼼짝도 못 하고 잡혀 사셨지. 호호."

"뭐야? 그러면 결국 엄마도 황금이 있는 곳은 모르는 거네?"

"이건 진짜 비밀인데, 그날 이후 딱 한 번 그 동굴에 다시 가보려고 했어. 결혼하기 전에 첫 회사를 다닐 때였는데 그때 갑자기 다니던 회사가 문을 닫게 됐거든. 다시 취업을 하려고 알아보는데 그 당시에는 사람을 뽑는 회사가 단 한 곳도 없는 거야. 주변에도 온통 망하는 회사 얘기만 들리고 말이야. 상황이 안 좋다 보니 친한 친구들과도 연락을 잘 안 하게 되더라. 그렇게 백수 생활을 시작했는데 한창때에 집에만 있다 보니 우울증이 생기겠더라. 그러던 어느 날부터 나라에서 금을 모은다는 얘기도 나오고 금값도 많이 올랐다는 뉴스가 퍼지기 시작하는 거야."

"그래서 황금을 찾으러 동굴에 다시 들어갔구나?"

"외할머니가 갖고 계신 네 외할아버지 유품 중에 오래된 갱도 지도가 있어. 외할아버지는 그 지도에 동굴의 작은 통로까지 다 기록이 되어 있다고 하셨어. 그 지도를 들고 동굴을 돌아다니다 보면 길 안 잃고 분명히 황금을 본 곳을 찾을 수 있다는 생각이 들었지. 그래서 도저히 백수 생활을 버틸 수 없게 된 푹푹 찌는 여름에 집에다는 여행 가서 머리 좀 식히고 온다고 말하고 몰래 그 지도를 들고 집을 나왔어. 그리고 한밤에 몰래 동굴로 들어가기 위해서 피시방에서 이것저것 하면서 밤이 되길 기다렸지."

"엄마도 정말 못 말리는 사람이었구나."

"사람이 궁지에 몰리면 못 할 것이 없는 거야. 그건 누구든 다 비슷할 거야. 다만 중요한 것은 선택지의 크기지. 너는 평소에 선택지를 많이 넓혀 놓는 사람이 되어야 해. 할 수 있는 것이 몇 개밖에 안 되는 사람은 궁지에 몰렸을 때 그 일만 하게 되거든. 나도 그때 할 수 있는 것이 황금을 찾는 것 외에는 없다고 생각했던 거야. 그냥 그런 사람이었던 거지. 그래서 황금이 필요했던 거야."

"지금 다시 그때로 돌아가면 황금이 필요하지 않을 것 같아?"

"글쎄. 아마도."

"그런데 그날 황금을 왜 못 찾았어? 그래도 나는 황금이 있으면 좋겠는데."

"자정이 될 때까지 친구들의 싸이월드를 돌아다니며 실컷 구경했지. 그리고 피시방에서 일어나기 전에 마지막으로 이메일을 열어 봤어. 수신함에 지희 언니한테서 온 메일이 있었어. 지희 언니가 누구냐면 아까 얘기한 장만옥처럼 생긴 언니야. 엄마가 처음으로 망고레의 〈숲속의 꿈〉을 연습할 때 언니가 많이 알려주면서 친해졌거든. 어른이 될 때까지 단짝처럼 붙어 다녔어. 나중에 언니가 재수를 해서 대학도 같이 갔었어. 처음에 온 이메일 몇 개는 나도 받은 건 알고 있었는데 굳이 열어 보지는 않았었지. 그런데 그 이후로도 나한테 여러 번 이메일을 보냈더라고. 그날은 지희 언니가 보낸 이메일을 읽어 봐야겠다는 생각이 들었어. 지금 황금을 찾으러 간다고 지희 언니에게 메일도 한 통 보내 놓으려고도 했으니까. 황금 찾으면 둘이서 기타 메고 세계 여행을 가자고 쓰려고 했지. 그런데 지희 언니 이름으로 온 메일을 모아 보니 몇 달 전부터 내게 꾸

준히도 메일을 보냈더라. 지희 언니도 직장을 잃고 혼자서 힘든 생활을 했던 거였어. 본인도 힘들었을 텐데 어떻게 내 소식을 들었는지 꾸준히도 안부를 물었더라. 그런데 두 달 전에 보낸 이상한 이메일을 마지막으로 더 이상 내게 이메일을 보내지 않은 거야. 기분이 너무 이상해서 언니에게 삐삐로 메시지를 남기려고 했는데 삐삐가 끊겨 있더라. 그래서 언니가 혼자 살던 집으로 택시를 타고 바로 가 봤지. 우편함에 우편물이 잔뜩 꽂혀 있고 사람이 드나든 흔적이 없어서 언니 이름을 부르면서 열심히 문을 두드렸는데도 집 안에서 아무 소리가 들리지 않아. 그러다가 해가 떴고 근처 파출소로 가서 경찰에 신고했지. 그리고 경찰이랑 같이 집 안으로 들어갔어. 그리고 이미 두 달 전에 세상을 떠난 지희 언니를 아주아주 늦게서야 만났지."

"주문하신 해물순두부찌개 나왔습니다."

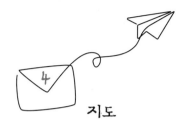

4

지도

저녁을 먹고 병원에 엄마를 두고 밖으로 나오니 밤이 되었
다. 다시 한강 구경을 하고 집에 가려고 집과는 반대쪽으로 가
는 전철을 타고 철교 위를 달리니 불빛에 비친 검은 강물이 보
였다. 아까 엄마 이야기를 들었을 때 솔직히 엄마가 그 후에
왜 황금을 찾으러 가지 않았는지는 이해가 가지 않았다. 강물
을 보니 광산의 황금 광맥도 불빛들이 비친 저 강물같이 생기
지 않았을까 하는 점이 궁금할 뿐이었다.

일요일 아침 일찍 혼자서 외할머니 집으로 향했다. 외할머니는 집에서 멀지 않은 동네의 오래된 3층짜리 연립 주택의 1층에서 혼자 사신다. 이 연립 주택은 주로 노인들이 사는 곳인 듯 올 때마다 공용 마당 한 구석에 펼쳐진 널따란 은색 돗자리 위에는 빨간 고추가 펼쳐져 마르고 있었고, 테라스에 메주가 걸려 있는 집들도 종종 보인다. 화단에는 꽃이 아니라 상추, 파, 방울 토마토 같은 온갖 식용 식물들이 가득하다. 담벼락에는 호박 넝쿨이 주렁주렁 늘어져 있다. 빨갛게 익어 가는 고추를 찾아보는 건 은근 재밌지만 오늘은 그걸 볼 만큼 여유가 있지 않아 식용 식물들은 무시하고 할머니 집으로 직진했다.

도둑질을 하는 것도 아닌데 괜히 심장이 뛰어 주변을 살피고는 비밀번호를 빠르게 누르고 집 안으로 들어갔다. 엄마가 항상 해가 잘 드는 집이라고 하셨는데 진짜로 아침부터 햇빛이 온 집 안을 가득 채우고 있다. 창을 통해 들어온 햇빛이 누렇게 변한 오래된 벽지도 밝게 빛내고 있었다.

신고 온 노란 캔버스화를 가지런히 벗어 놓았다. 좁고 긴 거실을 가로질러 안방 문을 열고 들어가니 오래된 나무 장롱이 보였다. 짙은 밤색의 장롱은 이사 다니면서 긁혔는지 군데군데 파인 흔적이 있는데, 시간이 오래 지나서인지 상처 색깔마저도 진해져 있었다. 손으로 직접 조각을 한 듯 음양각 조형이 문짝에 촘촘히 새겨져 있고 손잡이에도 같은 문양이 새겨져 있었다. 가장 오른쪽 장롱의 손잡이를 잡고 문짝을 힘껏 여니 예상대로 선반 위에 한지로 만들어진 외할머니의 보물 상자가 보였다. 손을 뻗어 상자를 집어 바닥에 내려놓았다. 크게 숨을 쉬고 상자를 열었다.

상자 안에는 5만 원짜리가 제법 들어 있는 노랑 봉투 하나, 색 바랜 분홍 노리개, 오래된 나무 비녀, 크기와 색이 제각각인 단추 4개, 외할머니의 증명사진, 나무 도장 하나가 들어 있었다. 그것들을 하나씩 꺼내니 서류 봉투가 하나 보였다. 서류 봉투 안에서는 오래된 집 계약서, 흑백 사진 한 장, 접힌 종이가 나왔다. 접힌 종이를 크게 펼쳤다. 가로 길이가 2미터, 세로 길이도 1미터는 넘는 것 같은 한자로 적힌 갱내 지도였다. 얇은 종이가 찢어질까 봐 조심스레 바닥에 지도를 펼쳐 놓고 주방에서 식탁 의자를 끌고 와 의자에 올라서서 스마트폰으로 사진을 몇 장 찍었다. 그리고 스마트폰을 가까이 대고 다시 부분부분 세부 사진을 찍었다.

임무를 완수하니 긴장이 풀렸다. 물을 마시려고 냉장고를 열었다. 역시나 찬물을 안 드시는 외할머니 냉장고에 물병 따위는 없었다. 식탁 위 물병에는 오래되어 상한 보리차가 들어 있었다. 물 마시는 건 포기하고 상자를 정리하기 위해 다시 방으로 돌아왔다. 꺼낸 순서대로 다시 상자 안에 물건들을 넣어야 했다. 우선 봉투 안에 지도를 다시 잘 접어 넣었다. 그리고 흑백 사진을 집었다.

흑백 사진은 정말로 오래된 사진 같았다. 친척들이 다 같이 모여 사진을 찍은 걸까? 많은 사람들이 한복을 입고 초가집 앞에 모여 사진을 찍었다. 가장 나이가 많은 할머니가 가운데에 앉아 계신다. 어른들은 서 있고 아이들은 앞줄에 앉아 있다. 여자아이들은 가운데 가르마를 탔거나 단발을 했다. 한 명씩 얼굴을 봐도 내가 아는 얼굴은 단 한 명도 없다. 아마 앞줄 아이들 중에 외할머니가 있을 것이다. 다부진 입 모양을 보니 사진 오른쪽 끝에 단발머리를 하고 옆에 있는 내 또래 여자의 손을 꼭 쥔 채 사진을 찍은 귀여운 소녀가 왠지 외할머니일 것 같았다.

아무도 열어 보지 않은 것처럼 외할머니의 상자를 선반 위에 놓고 장롱 문을 닫았다. 그리고 다시 좁고 긴 거실을 가로질러 현관에서 노란 캔버스화를 신었다. 그리고 문 손잡이를 잡았다가 다시 신발을 벗었다. 주방으로 가 상한 보리차를 싱크대에 쏟아 버리고 물병을 닦아 그릇 건조대에 살짝 올려놓았다.

밖으로 나왔다. 동네는 여전히 조용했다. 그 순간 이 세상 가장 시끄러운 것은 내 심장이었다. 내 핸드폰 안에 황금 지도가 들어 있으리라고는 이 세상 누구도 상상하지 못할 것이 분명한데도 괜스레 불안한 마음은 피할 수 없었다. 여기서 집까지 빨리 달려가면 더 이상해 보일까? 그냥 천천히 걸어가는 건 좀 불안한데. 빨리 걸어갈까? 너무 앞만 보고 가는 것도 이상해 보이는 것 같은데 그렇다고 괜히 주변을 둘러보는 내 모습은 내가 봐도 어딘가 부자연스러운 것 같았다. 별별 생각을 다하며 집에 도착하자마자 학교의 Gardener들이 모인 채팅방에 접속했다.

'나랑 돈 벌어서 내년에 오사카 갈 사람 오늘 밤까지 개인 연락 바람.'

마치 내 글을 기다렸다는 듯 희정이가 가장 먼저 연락을 했다.
"오, 드디어 알바 자리 구했어? 아줌마 허락을 어떻게 받았어?"

"희정아, 알바가 뭐야? 언니가 훨씬 좋은 걸 찾았지."

"그게 뭔데?"

"정말 엄청난 거야. 우리 말고 사람이 몇 명 더 필요하니 오늘 애들 모아 보고 내일 공개하마. 이 언니를 믿고 내일까지 기다려라."

희정이를 포함해 5명의 친구들로부터 연락이 왔다. 민채, 소윤, 희정, 아솔, 규선이었다. 나는 아이들에게 수업을 마치고 학교 앞 사거리의 스터디 카페에서 모이자고 했다. 다음 날 궁금함을 못 참아 안달이 난 희정이를 데리고 스터디 카페로 갔다. 예약해 놓은 스터디 룸에 들어서자 네 명의 아이들이 신나게 LTC 얘기를 하고 있었다. 같은 동네에서 자라 서로서로 알고 지내던 친구들이었다.

"정우야, 얼마나 센 알바를 찾았길래 이렇게 비밀스러워?"

"진짜로 부모님 동의서 없어도 일할 수 있는 거야?"

나는 준비해 온 종이와 인주를 꺼냈다. 그리고 아이들에게 한 장씩 나눠 주었다.

"우선 여기에 지장부터 찍고 시작하자."

'본인은 너른 중학교 3학년 5반 정우가 제공한 광명 동굴 황금 지도에 대해 가족을 포함하여 누구에게도 발설하지 않을 것이며, 이를 어길 시 어떠한 처벌도 감수할 것을 서약합니다.'

"이게 뭐야?"

"이건 각서라는 거야. 나도 너희들이랑 똑같이 쓸 거야. 밑에 오늘 날짜랑 너희들 이름 쓰고 여기 엄지에 인주 묻혀서 지장 찍으면 돼."

"오, 얼마나 대단한 알바를 찾았길래 각서까지 준비했대?"

희정이가 각서를 읽으면서 서둘러 가장 먼저 지장을 찍었다. 빨간 인주가 묻은 엄지손가락을 올려 까닥거리며 희정이가 말했다.

"물티슈 가져온 사람?"

아이들이 모두 호기롭게 지장을 찍었다. 아이들은 내가 무슨 말을 할지 궁금해하며 내 얼굴만 쳐다보았다. 나는 가방에서 태블릿 PC를 꺼내 테이블 위로 올려 놓았다. 그리고 갱내 지도를 저장한 JPG 파일과 광명 동굴 내부 안내도 JPG 파일을 차례대로 열었다.

"자, 이제부터 너희들에게 황금 지도를 보여 줄 거야. 여기이 두 개 지도를 비교해서 잘 봐. 하나는 광명 동굴 안내도이고 다른 하나는 광명 동굴 황금 지도야. 이 황금 지도에 내가 형광색으로 표시한 이 큰 길들이 여기 안내도에서는 지금 개방되어 관광객들이 다니는 이 길이야. 맞지? 그렇다면 황금 지

도에 있는 분홍 형광색으로 표시한 이 수많은 길들은 현재 공
개되어 있는 안내도에는 나오지 않는 길이 되는 셈이지. 즉, 관
광객들의 출입이 금지된 비밀의 길이야. 내가 최근에 동굴 안
지하 호수 안에 황금이 있다는 걸 알게 됐어. 그런데 이 분홍
길들 중에서 지하 호수가 표시되어 있는 곳은 딱 세 곳이야.
레벨 -5에 이곳, 그리고 여기, 나머지 한 곳은 레벨 -7까지 내
려가서 여기. 레벨의 마이너스가 클수록 깊다는 의미인 건 쉽
게 알겠지? 이 세 곳 호수 중 한 곳에는 황금이 있을 거야. 우
리가 여섯 명이니까 두 명씩 짝을 지어서 황금을 찾으러 들어
가자. 그리고 황금을 팔아서 다 같이 오사카 콘서트 장으로
가는 거야. 어때?"

아이들이 의심스러운 눈빛이 섞인 복잡한 표정을 지었다.

"빠지고 싶은 사람은 지금 얘기해. Joon을 직접 볼 수 있는
기회는 이번이 마지막이 될 수도 있다는 거 다들 알지?"

우리는 여름 방학 마지막 주 토요일에 황금을 가지러 동굴에 들어가기로 결정했다. 그런데 막상 동굴 탐험을 결정하니 챙겨야 할 것들이 한두 가지가 아니라는 것을 알게 되었다. 매사에 계획적인 민채가 탐험에 함께한 것은 큰 행운이었다. 민채는 우리가 무엇을 준비해야 하는지 하나씩 찾아보고 알려주기 시작했다. 민채의 제안에 따라 우리는 일주일에 세 번 스터디 카페에 모여 동굴 탐험을 준비하고 매일 저녁 8시에 공원에서 만나 체력 단련을 시작했다. 주짓수를 배워 체력이 가장 좋은 소윤이가 우리를 이끌었다.

우리는 세 개 조로 나누어 탐험 준비를 하고 스터디 카페에서 정보를 공유했다. 1조는 나와 희정이다. 우리는 지도를 분석하고 24시간 운영되는 광명 동굴의 CCTV와 안내 직원들의 동선에 대해 조사했다. 관리사무소에서 보고 있는 CCTV를 피해 비밀 통로로 들어가고 몰래 나오는 방법을 찾는 것이 가장 중요한 일이었다. 주말마다 나와 희정이는 광명 동굴을 관람했다. 정확히는 황금 지도를 들고 CCTV를 관람한 거지만.

아솔이와 민채는 2조다. 2조는 탐험에 필요한 장비와 도구들이 무엇인지 조사했다. 아솔이의 제안에 따라 우리는 다 같이 용돈을 모아 장비를 하나씩 구입했다. 구입한 장비는 모두 내 방에 보관하기로 했다. 시간이 지날수록 우리는 아이스크림 하나도 사 먹지 못할 만큼 쪼들려 갔지만 내 침대 밑에는 원피스 작업복과 장화, 온열팩, 응급조치 키트, 무전기, 손전등, 밧줄, 고무 튜브, 안전벨트, 호루라기가 차곡차곡 쌓여 갔다. 안전모는 다들 자전거 헬멧을 갖고 있어 새로 사지 않아도 되어 다행이었다. 모아 보니 헬멧용 헤드 랜턴도 한 개만 더 사면 되었다. 이제 탐험 전날에 밀크 초콜릿, 젤리, 탄산음료 같은 비상 식량만 사면 더 이상 힘들게 용돈을 모을 필요는 없어 보였다.

3조인 규선이와 소윤이는 우리가 들고 나온 황금을 어떻게 처리할지 알아보기로 했다. 둘은 금은방에 가서 물어보려고 했지만 용기가 없어 말도 못 꺼내고 그냥 나오기 일수였다. 그래서 인터넷을 뒤지다 운 좋게도 황금에 대한 여러 정보가 공유되고 있는 사금탐사 동호회를 알게 되었다. 둘은 동호회에 가입한 후 동호회 오프라인 모임에 따라가 청주의 한 계곡에서 아기 고양이 손톱만 한 사금을 2개 채취해서 오기도 했다. 어린 중학생이 왔다고 귀여워하며 어른들이 이것저것 금에 대한 정보를 참 자세히도 알려 주었다고 했다. 한 아저씨는 할아버지가 일제 시대 때부터 광산에서 30년을 일했다면서 시골집 창고에 아직도 그 당시에 사용하던 광산 장비들이 남아 있다고 했다. 그리고 황금석이 생기면 광석을 빻는 도광기로 70%의 금을 만들어 낼 수 있다고 자랑스럽게 얘기했다고 했다. 덕분에 우리는 황금석을 가공할 수 있는 방법을 알게 되었다.

"CCTV를 피해 황금을 찾아 내려갈 수 있는 길은 여기 단

한 곳뿐이야."

드디어 탐험 전날이 되었다. 우리는 비장한 마음으로 스터디 카페에 모여 최종 작전을 완성했다.

"결국 여기 사슴 조형물 뒤쪽에 있는 갱도 말고는 우리가 몰래 갈 수 있는 길이 없어. 지난번에 이 갱도 끝에 정면에서는 안 보이지만 오른쪽으로 꺾인 갱도가 연결되어 있다고 얘기했지? 이쪽의 황금 폭포 뒤로 들어가는 게 가장 편하고 안전한 길로 보이지만, 여기는 기념사진 찍는 사람도 항상 너무 많고 CCTV가 정면에 있어 들어가는 게 불가능해. 그래서 우리는 사슴 조형물 뒤쪽으로 가야 해. 그런데 이 갱도는 너무 좁아서 오리걸음으로 가거나 기어가야 하는 구간이 나올지도 몰라. 한 300m 정도 가면 수직으로 내려가는 갱도가 나와. 환기용 수직 갱도를 파 놓은 것 같아. 거기서 사다리를 타고 내려가자. 만약 사다리가 없으면 준비한 밧줄을 타고 내려가야 할 텐데 그건 힘들 거야. 무조건 사다리가 있어야 해. 사다리가 없으면 포기하고 돌아오자. 사다리를 타고 아래로 쭉 내려가면 바로 레벨 -5까지 도착할 수 있어. 그러면 레벨 -5에서 두 명씩 조를 나누어 지하 호수를 찾아가자. 서로 작은 소리로 무전기로 연락하고 혹시 무전기가 안 되는데 비상 상황이 발생하면 호루라기를 부는 거야. 호루라기를 불지 못할 상황이면 이 전자 호루라기를 누르고. 이게 버튼이야. 나랑 희정이가 가장 깊은 레벨 -7의 지하 호수로 갈게. 아솔이와 민채가 레벨 -5의 북쪽 호수, 규선이와 소윤이가 남쪽 호수로 가는 거야. 오케이?"

"우리 잘 할 수 있겠지?"

희정이의 물음에 민채가 대답했다.

"당연하지. 우리가 여태껏 이렇게 열심히 뭔가를 해 본 적이 있었냐? 우리 여섯 명에서 다 같이 일등석 타고 오사카로 가서 콘서트를 보는 거야."

"아주 잘 될 거야."

"맞아, 맞아."

"내일 10시에 우리 집에서 모이는 거야. 각자 비상 식량을 넣은 가방을 메고 와야 한다는 거 잊지 말고. 우리 집에서 준비물을 챙겨서 두 명씩 떨어져 동굴로 들어가자. 그리고 사슴 조형물 앞에서 만나는 거야. 작업복을 입고 큰 배낭 멘 학생들이 몰려서 들어가면 너무 눈에 뜨일 테니 옷은 갱내로 진입해서 갈아입는 거야."

사슴

11시가 다 되도록 규선이가 오지도 않고 전화도 받지 않았다.

"규선이가 문자도 안 읽지? 어떻게 할래? 포기할까, 아니면 우리끼리라도 갈까?"

나는 탐험 시간이 얼마나 걸릴지 알 수 없는 상황에서 더 이상 지체했다가는 동굴 폐장 시간 안에 나오지 못하지 않을까 걱정이 되었다.

"안 돼. 나는 규선이 없으면 무서워서 혼자 못 간단 말이야."

울상을 지으며 말하던 소윤이가 이어서 말했다.

"아, 규선이 연락 왔다."

'미안해. 나 무서워서 못 가겠어.'

소윤이가 규선이의 메시지를 읽자 다들 말이 없어졌다. 이건 누가 먼저 싫은 소리를 하는지를 정하는 눈치 게임이다. 까딱 잘못하면 황금 탐험, 아니 오사카 콘서트는 영영 끝이다. 내가 먼저 입을 열어 크고 강하게 이야기해야 한다고 느꼈다.

"그럼 희정이가 소윤이랑 같이 가. 나 혼자 레벨 -7로 먼저 내려갈게. 대신 너희들이 간 호수에 황금이 없으면 꼭 나 찾아서 바로 와 줘야 해. 알았지?"

잘했다. 아이들이 안 가겠다는 말을 안 했다. 규선이가 빠졌다고 바뀔 것은 없다. 이럴 때는 서둘러 일어나야 한다.

"이제 가자."

아이들과 철산역에서 광명 동굴로 가는 셔틀버스를 기다렸다. 8월 오전 11시 30분, 무거운 배낭을 하나씩 둘러멘 우리를 향해 버스는 금세 정류장에 도착했다. 가방을 자리에 놓고 일어서서 버스 안 에어컨 냉기를 얼굴에 맞으며 우리는 한 시간 동안 버스를 타고 가 광명 동굴 정류장에서 내렸다.

"내가 먼저 들어갈게. 5분간의 간격을 두고 표를 사서 두 명씩 들어와. 사슴 조형물 앞에서 만나자."

모자를 푹 눌러쓰고 매표소로 갔다. 심장이 또 시끄러워졌다. 서둘러 예매 번호를 보여 주고 티켓을 받았다. 아빠 손을 잡고 입구로 들어가는 사내아이 뒤에 서서 입구로 들어가면 뭔가 가족같이 보일 것 같아 뒤로 따라갔다.

한 걸음, 한 걸음 내딛을수록 뒷목을 향해 내리쬐던 햇빛의 뜨거움이 점점 사라져 갔다. 어느 순간 동굴의 냉기가 코끝에서 살짝 느껴지는가 싶더니 동굴의 냉기를 품은 바람이 얼굴 전체로 후욱 불어닥쳤다. 올여름 가장 더운 날 들어왔는데 오늘따라 동굴은 더욱 춥게 느껴졌다. 하지만 배낭을 멘 등은 여전히 뜨거웠다.

동굴을 구경하는 사람들의 반응은 다양했다. 파란 빛으로 물든 공간을 지나 형형색색의 전구로 쌓인 통로로 들어가니 아이들이 전구를 신기해하며 손을 뻗어 만져 보려 하고 있었다. 셀카를 찍는 연인들을 앞질러 공연장처럼 넓은 공간에 도착했다. 빔 프로젝터로 투사한 거대한 물고기들이 동굴 암벽을 헤엄치는 중이었다. 구경하는 사람들이 몰려 있는 틈에 빨리 사슴 조형물을 향해 앞으로 나아갔다.

"얘들아, 여기."
아솔이와 민채가 멀리 통로에서 보였다. 나와 희정이, 소윤이는 사슴 조형물 앞에서 아솔이와 민채를 기다리고 있었다.

사슴 조형물에 설치된 노란 전구가 내뿜는 빛이 희정이를 환하게 비추고 있어 아솔이와 민채는 멀리서도 우리를 쉽게 알아보았다.

영화에서 본 주먹 수신호를 보내자 둘은 자리에 서서 뒤에서 누가 오는지 슬쩍 돌아보았다. 민채의 오케이 손동작을 보고 나는 급히 난간을 넘었다. 그리고 사슴 조형물 뒤의 갱도를 달렸다. 내 뒤로 희정이와 소윤이가 따라왔다. 망설이던 민채가 망을 보는 아솔이를 놔두고 힘껏 내달렸다. 아솔이가 마지막으로 뒤를 한 번 돌아보더니 민채 뒤로 따라 뛰어왔다.

"쿵."

민채가 무거운 배낭을 등에 멘 채로 난간을 넘으려다가 난간 안쪽으로 꼬꾸라졌다. 뒤에 있던 아솔이의 눈동자가 심하게 흔들린다. 그때 통로 멀리서 사람들의 웅성대는 소리가 들려오더니 점점 커지는 듯했다. 아솔이는 난간을 잡고 몸이 굳은 듯 움직이지 못했다. 민채가 바둥대며 일어나서 왼손으로 오른쪽 팔꿈치를 붙잡고는 휘청거리며 우리를 향해 달려왔다.

"야, 뛰어."

민채가 낮은 목소리로 우리를 향해 급히 소리쳤다. 우리가 안 보이게 난간에 서서 막고 있는 아솔이를 남겨 두고 우리는 갱도를 달렸다. 그리고 빠르게 오른쪽 갱도로 차례대로 들어왔다.

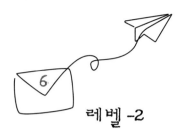

6. 레벨 -2

· ·

"선생님, 이 사슴 정말 예뻐요. 사진 찍어 주세요."

살짝 고개를 내밀어 보니 학원에서 단체로 관람을 온 건지 사슴 앞 난간 앞에 선 십여 명의 아이들이 돌아가면서 한 장씩 사진을 찍고 있다. 아솔이가 머뭇거리다 자리를 피해 멀찍이 서서 고개를 살짝 숙이고 아이들을 슬쩍슬쩍 쳐다본다. 그때 사진 찍기를 기다리던 한 아이와 내 눈이 마주쳤다.

"선생님, 선생님, 저기 동굴 끝에 도깨비 있어요."

· ·

"응? 도깨비가 어딨어? 선생님은 안 보이는데?"

"저기 있었어요. 그런데 벽 속으로 쏙 사라졌어요."

"진짜 도깨비인가 보네. 벽으로 쏘옥 들어가다니. 자, 이제 유준이도 사진 찍자."

핸드폰 진동이 울린다. 아솔이의 문자다.

'광장의 미디어 쇼가 끝났나 봐. 사람들이 계속 몰려오고 있어. 너희 먼저 가. 이따 따라갈게.'

"무전기 하나는 아솔이가 갖고 있는데 어쩌지?"

민채가 작업복으로 갈아입으며 말했다.

"어차피 레벨 -7로 내려가면 레벨 -5에 있는 너희랑 나는 무전기로 통신이 안 될 테니 내 무전기 줄게. 그런데 우리가 네 명이니 누구 한 명도 나처럼 혼자 가야 해. 내 무전기 갖고 혼자 갈 사람?"

"아이씨, 난 혼자서 공포 영화도 무서워서 못 보는데… 우이씨. 내가 혼자 남쪽 호수로 갈게. 민채가 희정이 데리고 북쪽 호수로 가."

소윤이가 이미 걱정에 빠져든 희정이와 민채를 보더니 영 안되겠다는 듯이 말했다. 소윤이의 근육이 작업복을 뚫고 나오는 듯한 느낌이 들었다.

"귀신이든 도깨비든 나오면 너 잘하는 그거 걸어. 트라이앵글 그거."

"트라이앵글 초크라고."

"그래, 트라이앵글 초크."

"귀신도 거기에 걸릴까?"

헤드라이트를 쓰고 소근소근 속삭이며 걷다 보니 갱도가 점점 좁아졌다.

"진짜 오리걸음으로 가야 되네?"

"수직 갱도까지 얼마나 더 가야 해?"

갱도를 들어온 후 켠 스마트 워치 걷기 운동 앱을 보니 겨우 130미터를 걸어왔을 뿐이었다.

"아직 절반도 못 왔어. 170미터는 더 가야 해."

"진짜 죽었네."

"내가 체력 단련 많이 시켜 줬잖아. 너도 이 정도는 충분히 할 수 있어."

희정이의 끙끙 앓는 소리를 듣고 소윤이가 말했다.

배낭까지 메고 오리걸음으로 갱도를 걷다 보니 머리에서부터 땀이 쏟아지기 시작했다. 자전거 헬멧을 타고 땀이 후드득 떨어졌다.

"머리에서 비가 내리는 것 같아."

"난 배에서 비가 내리는데."

헉헉거리며 뒤따라오던 희정이가 갑자기 킥킥거리며 내게 말했다.

"나는 겨드랑이에 폭포가 생겼어."

소윤이가 앞에서 깔깔거리며 말했다.

"헉헉, 우리가 동굴에 홍수를 내는 거 아닐까?"

끝에서 따라오던 민채가 못 참겠다는 듯이 웃으며 말했다.

잠시 웃으며 대화했지만 어느 순간부터 헉헉대는 숨소리 외에는 갱도에 아무 소리도 들리지 않았다. 그러다 점점 공간이 넓어졌다. 갱도의 끝이 얼마 남지 않은 듯했다.

"와, 이제 좀 살겠다. 허리 좀 펴자."

배낭을 옆에 내려놓고 허리를 쭉 펴도 될 만큼 통로의 천장이 높아졌다.

"난 여기 잠시만 누울래."

언제나 깔끔하고 위생을 중시하던 희정이가 어찌나 힘들었는지 갱도에 그냥 누워 버렸다.

"야, 이건 기념으로 남겨야겠다."

"아, 하지 마."

누워서 얼굴만 가린 희정이를 중심으로 우리도 옆에 나란히 누워 기념사진을 찍었다.

수직 갱도

지도에는 補助垂直坑(보조수직갱)이라고 적혀 있다. 깊이는 275미터이다. 이 깊이는 가학산 중턱의 지상에서부터 제일 아래층인 레벨 -7까지의 길이이고 우리가 출발할 레벨 -2에서부터 레벨 -7까지의 길이는 150미터이다.

사실 150미터짜리 구멍이라는 것은 상상조차 해 본 적이 없다. 150미터가 얼마나 되는지 확인하기 위해 안양천 자전거 도로를 따라 150미터를 걸어 보았다. 내 걸음으로는 2분 정도의 거리였다. 걸어온 거리를 수직으로 세워 보는 상상을 해 보았다. 길이는 수평일 때와 수직일 때의 느낌이 전혀 다르다. 수직 150미터는 어마어마한 높이이다.

옛날에는 200미터 이상의 건물을 마천루라고 불렀다고 하는데, 보통 50층 이상의 건물이 이 마천루에 해당한다. 그러니 이번 탐험을 통해 황금을 구하려면 35층이 넘는 건물을 사다리를 타고 내려가야 하는 셈이 된다. 그리고 최악의 경우에는 황금이 든 배낭을 메고 다시 그 사다리를 타고 올라와야 한다. 과연 그게 가능한 일인지 가늠조차 할 수 없어서 일부러 머릿속 한 구석으로 미뤄 두어 희미하게 만들어 버렸던 그 수직 갱도가 실제로 눈앞에 나타났다.

가로 3미터, 세로 2미터, 깊이 150미터의 구멍이었다. 위쪽을 올려다보니 지도에 적힌 대로 레벨 -1 정도에서 천장이 막혀 있었다. 설치된 철재 사다리에는 녹이 잔뜩 슬어 있었다. 힘껏 흔들어 보고 발로 차 봐도 흔들림이 없는 것을 보니 다행히 겉에 녹만 슬었을 뿐 아직 벽에 견고하게 붙어 있는 듯했다.

사다리 둘레에는 안전을 위해 원형으로 된 그물 같은 철재 구조물이 둘러싸여 있었는데, 손전등으로 아래를 비춰 보니 사다리만 남아 있고 원형 구조물은 떨어져 나가 보이지 않는다. 다 같이 힘껏 사다리를 흔들어도 꿈쩍도 하지 않아 안심은 됐지만 그래도 수십년간 관리되지 않은 사다리이기 때문에 안전을 완전히 보장할 수는 없었다. 그래서 준비해 온 밧줄을 손에 쥐고 계획대로 한 명씩 사다리를 타고 내려가기로 했다.

　　우선 밧줄에 손전등을 묶어 아래로 쭉 내려 보냈다. 손전등을 묶은 밧줄 길이는 100미터이다. 발 아래 저 멀리 깊은 암흑 속 공중에 대롱대롱 매달려 있는 손전등을 표시등 삼아 레벨을 하나씩 내려가야 한다. 준비해 온 30미터짜리 밧줄의 중간을 수직 갱도 입구에 있는 철재 구조물에 두른 후 두 줄이 된 밧줄을 오른손에 느슨하게 둘렀다. 혹시나 중간에 사다리가 끊겼거나 녹슬어 부서져 떨어지면 큰일이기 때문에 왼손에는 손전등을 묶은 밧줄도 휘둘러 감았다. 하지만 15미터도 채 못 내려가서 오른손에 잡은 밧줄은 한 줄을 당겨서 회수해야 한다. 그리고 줄을 회수한 지점에서 다시 밧줄의 중간을 사다리에 걸어 다시 두 줄을 만들어 오른손으로 감으면서 내려와야 겨우 레벨 하나를 내려올 수 있다. 하지만 사다리 자체가 떨어진다면 오른손에 감은 밧줄은 아무런 소용이 없으니 결국 왼손에 감은 손전등을 묶은 밧줄 하나에 의지해야 대롱대롱 매달리는 상황에 놓이게 될 것이다.

"내가 먼저 내려갈게."

"정우야, 조심해."

철재 사다리를 타고 천천히 한 칸씩 밑으로 내려갔다. 깊은 암흑을 뚫고 저 아래에 손전등이 내뿜는 빛은 너무도 미미했다. 헤드라이트와 손전등 사이의 암흑은 발을 아래로 내딛을 때마다 깊은 두려움을 불러일으켰다. 하지만 시야가 선명한 바깥이었으면 오히려 무서워서 150미터짜리 사다리를 내려가려는 생각조차도 못 했을 것 같기도 했다. 온몸의 신경을 곤두세우고 한 칸 한 칸을 긴장 속에서 내려갔다.

"나 다리가 너무 후들거려서 못 움직이겠어."

큰일이다. 위에서 잘 따라온다고 생각했던 희정이가 갑자기 사다리에 붙어 거의 울 듯이 소리쳤다. 레벨 -3 수평 갱도와 만나는 지점이 얼마 안 남았을 것 같아 얼른 아래를 내려다보았지만 얼마나 내려가야 하는지 감이 잡히지 않는다.

"희정아, 조금만 내려오면 쉴 수 있어. 힘들면 우선 사다리 붙잡고 가만히 있어."

희정이를 안심시키기 위해 일단 거짓말을 하고 아래로 천천히 내려갔다.

"민채, 소윤. 너희도 내려오지 말고 사다리에 가만히 있어."

희정이가 몸을 심하게 떠는 바람에 사다리에 진동이 생겼다. 진동이 울릴 때마다 삐거덕거리는 쇳소리와 갱도를 울리는 희정이의 숨소리가 귀를 심하게 거슬리게 했다. 이러다 혹시나 사다리가 떨어져 버리지는 않을지 두려웠다.

"희정아, 너 있는 곳에서 10미터도 안 남았어. 여기까지만 오면 쉴 수 있어. 한 칸씩만 살살 내려와 봐."

"얘들아, 미안해. 천천히 움직여 볼게."

헤드라이트로 올려다보니 희정이가 큰 숨을 쉬면서 한 칸한 칸을 내려오고 있었다. 혹시나 희정이가 저 자리에서 떨어지면 위에서 떨어지는 희정이를 손으로 잡을 수 있을지 없을지, 차라리 올라가서 희정이를 목마 태우고 사다리를 내려오면 어떨지 별의별 생각이 머릿속을 스쳐 지나갔다.

다행히도 희정이는 레벨 -3 수평 갱도까지 무사히 내려왔다. 재빨리 희정이의 팔을 통로로 잡아 끌어당긴 후 갱도에 앉

헀다. 헤드라이트가 비치자 땀과 눈물, 콧물로 뒤덮인 창백한 희정이의 얼굴이 드러났다. 얼마 있으니 희정이 때문에 사다리에서 한참을 서 있었던 민채와 소윤이도 무사히 수평 갱도에 도착했다.

"이제 레벨 하나 내려온 거지? 너무 힘든데."

"그나저나 희정이는 더 이상 못 움직일 것 같은데 어떡하지? 그냥 여기서 쉬면서 우리 기다리는 게 어때?"

민채의 말이 맞다. 괜히 잘못하다 큰 사고가 날지도 모를 일이다.

"그래, 희정이는 여기서 우리 올라올 때까지 기다리는 게 좋겠다. 혼자 있어도 괜찮지? 쉬면서 배낭에서 뭐 좀 꺼내서 먹어."

"나 먹을 힘도 없어."

희정이의 장단지와 팔을 한참 주물러 주고서 다시 사다리에 올랐다. 혼자 있는 것은 무섭지만 내려갈 수도 없는 처지의 희정이가 집에 홀로 남겨질 강아지 같은 표정으로 쳐다보고 있었다. 다시 희정이에게 다가가 초콜릿바를 입에 물리고선 사다리로 향했다.

"찰마 공주처럼 쿨하게 있어. 금방 돌아올게."

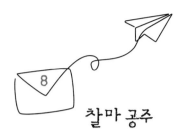

찰마 공주

"어차피 확인해야 할 호수는 세 개밖에 없으니까 우리 셋만 가도 충분해."

민채가 일부러 씩씩하게 말을 하는 것이 느껴졌다.

"그래, 거의 다 왔는걸. 내려가서 황금을 잔뜩 찾아서 올라가자. 그런데 걱정이 하나 있어."

"그게 뭔데?"

"배낭이 너무 작은 게 아닐까 하는?"

"나랑 걱정이 같구나."

"다시 내려가 볼까?"

조심스럽게 사다리를 잡고 다시 한 칸씩 내려갔다. 가끔씩 아래에서부터 바람을 타고 귓불이 시릴 정도로 차가운 냉기가 올라왔다. 저 깊은 지하에서 황금을 독차지하고 있는 무언가가 나를 밀어내려고 내뿜는 얼음 숨 같다는 생각이 들었다. 자연스러운 날숨은 따뜻하다. 그러나 누군가를 밀어내기 위해 내뿜는 숨은 세게 내뿜으면 내뿜을수록 차가워진다. 나도 저런 얼음 숨을 내쉰 적이 있었다.

초등학교 5학년 때였다. 희정이는 내가 다니던 학교로 전학을 왔다. 희정이는 틴트도 바르지 않은 입술로 자기는 바다보다 산을 좋아한다고 스스로를 소개했다. 그리고 집 컴퓨터에 전국의 등산로 안내도와 지형도를 모아 놓은 폴더를 갖고 있다고 했다. 엄마는 한국 요괴를 연구하느라 항상 바쁘며, 엄마가 들려준 이야기 중에서 자기 마음에 쏙 드는 한국 요괴는 조선 시대 소설《삼한습유》에 등장하는 찰마 공주라고 했다. 희정이는 내가 전혀 알지 못하는 이야기를 줄줄이 늘어놓았다. 희정이는 정말로 매력적이었고, 나와 금세 친구가 되었다.

"희정아, 그거 다시 얘기해 줘."

"사람마다 자기가 들은 바를 존중하고 자기가 아는 바를 행하기는 하지만 내 문호에는 미치지 못한다. 그래서 나를 지목하여 '마도'라 한 것이다. 마도라는 것은 사람들의 도와는 다른 것이니 우뚝 서서 어떤 것도 두려워하지 않음을 이른다. 이놈, 정우야. 이제 마도를 알겠느냐?"

하지만 이런 희정이의 매력은 내가 희정이의 엄마를 우연히 길에서 만나면서 거짓말처럼 한순간에 사라져 버렸다. 희정이 엄마는 왼쪽 팔과 다리가 짧았다. 희정이는 저녁마다 엄마를 운동시키고 집에 돌아가 팔다리를 주물러 드렸는데, 그날 나는 운동하러 나온 희정이와 희정이 엄마를 만난 것이었다. 희정이에게 내 얘기를 많이 들었다면서 반가워하는 희정이의 엄마에게 나는 심부름 하러 나온 것이라 빨리 집에 가야 한다면서 도망치듯 벗어났다. 내일 학교에서 보자며 인사하는 희정이의 눈을 바라보지 못하고 입 안에서 얼버무리는 대답을 했다. 내일 학교에서 보지 않았으면 좋겠다고 생각했다. 내 환상과 다른 희정이의 현실을 보면서 이상한 감정이 들었다. 기분 좋은 감정은 아니었다. 이 감정은 명백히 내 잘못이었지만 희정이의 잘못이었으면 좋겠다고 생각했다.

사실 누가 봐도 산보다는 화려한 바다가 멋진 것이었다. 희정이의 엄마는 등산을 갈 수 없으니까 희정이 집 컴퓨터에는 등산로 안내도가 있는 폴더가 있을 리가 없었다. 찰마 공주는 천계를 조롱하는 악당 요괴였다. 그렇다. 거짓말을 한 희정이와는 친구를 하지 않아도 괜찮았다. 그래서 희정이를 피했다. 나에게 말을 걸면 못 들은 체하거나 단답으로 대답했다. 하지만 그럴 때마다 내 입에서는 얼음 숨이 쏟아져 나왔고 입술부터 시작해 얼굴 전체가 점점 얼어붙어 갔다.

오히려 이런 나를 구해 준 것은 희정이었다. 온몸이 완전히 얼어붙어 가던 어느 날, 희정이는 찰마 공주가 되어 등 뒤에서 울음 섞인 목소리로 소리쳤다.

"마도라는 것은 사람들의 도와는 다른 것이니 우뚝 서서 어떤 것도 두려워하지 않음을 이른다. 아직도 마도를 모르느냐?"

나는 안도했다. 부끄러웠고 고마웠다. 그리고 얼었던 온몸이 다 녹았다. 다시 아무 일이 없었다는 듯이 희정이와 친구가 되었다. 하지만 부끄러움은 여전히 남아 있다. 그 일에 대해서 희정이에게 여태 사과하지 못했다. 하지만 희정이는 아무 일도 없었다는 듯이 나를 대했다. 나중에 희정이네 집에 가서 알게 된 건데, 희정이의 컴퓨터 폴더 안에는 우리나라뿐만 아니라 세계 각국의 등산로 안내도와 지형도가 들어 있었다. 희정이의 엄마는 등산이 취미였다. 나는 희정이도 희정이네 엄마도 화려한 바다보다는 묵직한 산이 어울리는 사람이라서 참좋다고 생각했다.

한없이 이어질 것 같았던 사다리와 얼음 숨을 뚫고 나는 민채, 소윤과 함께 레벨 -5까지 내려왔다. 온몸이 얼어붙는 것 같아 수평 갱도로 들어가자마자 다 같이 배낭에서 핫팩을 꺼내 몸을 녹였다. 초췌해진 얼굴로 한 개씩밖에 남지 않은 핫팩으로 몸을 녹이며 허겁지겁 젤리를 먹고 있는 서로의 얼굴을 보자 웃음이 터져 나왔다.

"야, 소윤아, 민채 얼굴 좀 봐 봐."

"큭큭큭. 네 얼굴은 어떻고?"

"너희도 마찬가지야."

"…."

"푸하하하."

"진짜 거의 다 왔다. 우리 꼭 황금을 찾아서 만나자."

내려가는 나를 위에서 민채와 소윤이가 바라보았다. 아이들의 모습이 사라지자 혼자가 된 것이 느껴졌다. 위에서 100미터 밧줄에 묶어 내려보낸 손전등은 레벨 -5에 머물러 있었다. 이제부터 내가 내려가야 할 발 아래에는 더 이상 빛이 없었다.

사다리를 내려가는 팔과 다리의 움직임이 어딘지 자연스럽지 않게 느껴졌다. 의식적으로 하나, 둘 박자를 세면서 사다리를 내려가 보기로 했다. 박자를 세기 전에는 어떻게 팔과 다리가 자연스럽게 움직였는지 갑자기 궁금해졌다.

우선 레벨 -6까지 무사히 내려가서 수평 갱도에서 잠시라도 쉬어야겠다고 생각한 찰나였다. 오른발을 내딛은 곳에서 사다리의 평행봉이 느껴지지 않았다. 당황한 나머지 손에 힘을 주어 몸을 당겼는데 덜덜 떨리던 왼팔 근육이 경직되어 버렸다. 밧줄을 휘감고 있던 오른손에 힘이 실리기 전에 왼발이 사다리에서 미끄러졌다. 이건 확실히 좋지 않았다. 오른손바닥 안에서 줄이 미끄러져 위로 올라갔다. 헤드라이트가 비치는 수직 갱도의 벽이 정신없이 올라갔다.

아니다. 내가 추락하고 있었다.

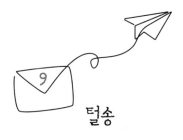

털송

재작년 여름에는 학교에서 아이스 버킷 챌린지가 유행했다. 나는 챌린지의 목적에는 관심이 없었다. 어느 유명인이 어떻게 얼음물을 뒤집어쓰고 얼마나 쿨한 몸짓을 하는지가 훨씬 더 중요했다. 학교 친구들 중에서도 챌린지에 지목된 잘나가는 친구들이 있었다. 챌린지의 다음 순서로 지목된 친구들은 마치 유명인이 된 것 같이 의기양양하지만 걱정된다는 표정으로 학교에 모여 요란스럽게 얼음물을 뒤집어썼다. 나는 그 아이들이 가식적이라고 생각했지만 다른 한편으로는 그 아이들 중 누군가가 나를 지목해 주기를 소망했다. 하지만 그런 일은 일어나지 않았고 아이스 버킷 챌린지도 서서히 유행이 지나갔다.

그때 아이스 버킷 챌린지를 했으면 이런 감각이었을까? 온몸에 전기가 흐르는 듯 순식간에 근육이 경직되었다. 헉 하는 숨소리 외에는 아무런 목소리도 낼 수 없을 정도로 온몸이 움츠려 들었다. 아이스 버킷 챌린지가 이런 것이라면 그때 누구도 나를 지목하지 않은 것이 정말로 다행이라는 생각이 들었다.

수직 갱도의 바닥은 깊은 물웅덩이였고 얼음보다 차가운 것 같은 물이 가득 채워져 있었다. 다행히 수직 갱도의 폭이 좁은 까닭에 대책 없이 허우적거리던 내 손에 레벨 -7의 수평 갱도가 닿았고 나는 죽을 힘을 다해 수평 갱도로 기어올라 왔다.

캑캑거리며 배낭 안을 휘저어 손전등을 찾았다. 어지럽게 흔들리는 헤드라이트가 아닌 손전등의 고정된 빛이 갱도를 비추자 안심이 되었다. 문득 저 물웅덩이가 없었다면 나는 이미 죽어 있을 거라는 생각이 들어 소름이 돋았다.

물이 잔뜩 들어간 장화를 낑낑거리며 힘겹게 벗었다. 그리고 자전거 모자와 작업복을 벗고 배낭에서 동굴에 들어올 때 입고 온 옷과 방한용으로 준비한 긴팔 후드 티를 꺼내 입었다. 수건 하나 갖고 올 생각을 못 한 내가 바보 같다고 생각하며 물에 흠뻑 젖은 머리를 손으로 털다 배낭에 있는 양말을 떠올렸다. 양말을 꺼내 얼굴과 머리의 물기를 닦았다. 물이 흠뻑 젖은 양말은 다시 배낭에 넣고 후드를 뒤집어쓰고 턱 아래에서 끈을 힘껏 묶었다.

바닥에 놓인 손전등을 들어 수평 갱도를 비추었다. 손전등 빛은 끝이 보이지 않을 만큼 앞으로 나아갔다. 갱내 지도가 들어 있는 핸드폰을 작업복 주머니에 넣고 왔기 때문에 다시 배낭을 열어 물에 젖은 작업복을 꺼내 바지 주머니에 손을 넣었다. 불안했다. 물웅덩이로 추락하면서 주머니에서 빠진 것이 분명했다. 작업복 주머니를 다 뒤졌는데 역시나 어느 주머니에도 핸드폰이 들어 있지 않았다.

가슴이 철렁 내려앉았다. 갱내 지도가 문제가 아니었다. 지도는 수없이 봐서 머릿속에 들어 있으니 상관없었다. 문제는 엄마가 내고 있는 내 핸드폰 할부금이었다. 아, 아니다. 황금만 찾으면 이것도 큰 문제는 아니었다. 주문처럼 황금으로 사야 할 것들을 머릿속으로 되새겼다. 콘서트 티켓, 항공권, 새 기타, 마지막으로 새 핸드폰.

문득 방금 전까지는 죽을 뻔해 정신이 나갔던 사람이 정신이 돌아오자마자 핸드폰 걱정을 하고 있다는 사실에 헛웃음이 났다. 동굴 속에서 목소리를 한번 내 보기로 했다.

"하하하."

"하하하하하하하하…."

웃음소리가 동굴에 울려 퍼지자 소름이 확 돋았다. 괜히 웃음소리를 냈다. 동굴에 반사되어 울리는 소리 중 내 목소리가 아닌 것이 섞여 있을 수도 있다는 어이없는 생각이 들어 더 무서워졌다. 무서우면 더 무서운 생각이 떠오르는 것이 항상 문제다. 무서움에 새로운 걱정거리가 떠올랐다. 수직 갱도를 이용해 위로 올라갈 수 없으니 한참을 돌아 레벨 -5까지 올라가 수직 갱도를 찾아가야 하는데 생각보다 훨씬 많은 시간이 걸릴 것이 틀림없다는 사실이었다. 춥고 무섭고 걱정되어 울음이 나올 것 같았다.

　LTC 음악을 들으면서 가면 좋을 텐데 핸드폰이 없으니 그럴 수도 없었다. 소리를 밖으로 내면 무서우니 머릿속 노래를 이용해 무서움을 없애야겠다고 생각했다. 머릿속 노래로 무서움을 없애는 방법은 내가 어렸을 때 공포 영화를 보고 난 후 무서워 잠들지 못할 때 우연히 발견한 것인데, 노래를 부르는 것은 아무런 소용이 없었고 노래를 만들어야만 효과가 나타났다.

첫 번째 갈림길에서 오른쪽, 두 번째 갈림길에서도 오른쪽, 세 번째 갈림길에서 왼쪽을 택하면 갱도 끝에서 호수가 나올 것이다. 그때까지 노래를 만들면서 가면 된다.

사람이 새들처럼 온몸에 아름답고 다채로운 털 색깔을 갖는다면 이 세상이 어떤 느낌으로 바뀔지를 상상하는 노래를 만들어 본다. 제목은 〈털송〉이다.

- 목요일은 모든 가능성의 바구니
- 우리들의 오후 세 시
- 빨강, 초록, 보라, 노랑 털의 아이들이
- 회색 학교를 물들이네
- 황금 털은 나의 모습
- 음음 털은 Joon의 모습

Joon의 털 색을 어떤 색으로 할까 고민하는 사이 세 번째 갈

림 갱도에 도착했다. Joon에게는 라임색 털을 붙여 주겠다고
결정하고 왼쪽 갱도에 들어섰다. 이제 두려움은 사라졌다. 손
전등으로 갱도를 이리저리 비추며 한 걸음씩 앞으로 나아갔다.

'똑. 똑. 똑. 또록.'

물이 떨어지는 소리가 멀리서부터 들려왔다. 손전등 빛이
향하고 있는 멀리 보이는 벽이 지금까지 본 갱도의 벽과는 다
르게 반짝반짝 빛나는 듯하다. 여기가 황금이 있는 갱도가 확
실하다. 빨리 황금을 확인하고 싶은 마음에 심장이 두근대기
시작한다. 다리에 힘이 들어간다. 빠르게 달릴 수 있다. 그래,
달려 본다.

'어?'

갑자기 눈앞 정면에서 켜진 불빛에 눈이 부셔 아무것도 보
이지 않는다. 앞을 보지 못해 갑자기 변한 갱도의 경사에 그만

중심을 잃고 넘어졌다. 몸이 미끄러져 급경사를 따라 데굴데굴 굴렀다. 그때 어떤 것이 내 후드를 힘껏 움켜잡았다.

"아이쿠야, 잡았다."

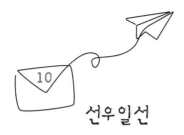

선우일선

"얘, 이 위험한 곳에서 뭐 하는 거니? 정말 큰일 날 뻔했네. 저 밑은 엄청 깊은 구멍이야. 한번 빠지면 올라오지도 못해."

한 여자가 오른손으로는 내 후드를 잡고 왼손으로는 벽을 짚으며 나를 끌고 경사를 올라갔다.

"누구세요?"

"나는 여기서 일하는 사람인데. 그러는 너는 누구니?"

"저는 그냥 중학생인데요, 저 한 번만 못 본 척해 주시면 안 돼요? 그리고 이제 후드 좀 놔 주시면 안 돼요?"

"아, 미안. 호호."

여기서 모든 탐험이 끝나 버렸다는 생각이 들었다. 이 고생을 하면서 여기까지 왔는데 하필 여기서 직원을 만날 게 뭐람.

"그런데 이 깊은 곳에서 학생이 뭐 하고 있었던 거야? 여기는 어떻게 들어왔어?"

"사실은 뭐 좀 보고 싶은 게 있어서 왔어요. 저 바로 올라갈 테니 아무에게도 말하지 말아 주세요."

"음… 뭘 찾으러 왔는데? 얘기 들어 보고 사람들한테 말을 할지 안 할지 결정할게."

고개를 들어 여자를 쳐다보았다. 오래된 작업복을 입은 나보다 키가 작은 여자였다. 아담하고 마른 체형이었다. 아까는 여자가 쓴 안전모에 달린 헤드 랜턴 빛에 내 시야가 가렸던 것이었다. 여자는 혼자서 무슨 발굴 작업을 하던 중이었는지 몰라도 흙먼지를 뒤집어쓰고 있어서 얼굴을 잘 알아볼 수가 없었다.

"사실은요, 여기에 오면 황금을 찾을 수 있을 것 같아서 수직 갱도 사다리로 어른들 몰래 내려왔어요."

"보조수직갱 사다리를 타고 내려왔다고? 그 깊은 걸 타고서? 그건 환기랑 위급용으로만 쓰려고 만들어 놓은 것인데, 그 위험한 것을 타고 어떻게 왔대? 어린 학생이 정말 겁도 없네."

여자는 눈을 동그랗게 뜨고 놀라며 말했다.

"정말 죄송해요."

"어, 그런데 거기 사다리가 중간에 끊겨 있지 않았어? 예전에 광산에서 사고 날 때 그 사다리도 같이 부숴졌거든."

"하… 맞아요. 그래서 거기서 떨어졌는데 밑에 깊은 물웅덩이가 있어서 살았어요. 헤헤."

"히… 정말 죽을 고비를 넘기고 왔네. 몸은 괜찮아?"

여자가 마치 어렸을 때 내가 넘어지면 엄마가 그랬던 것처럼 다친 곳이 없는지 세심하게 내 몸을 살피며 말했다.

"예, 추운 것 빼고는 멀쩡해요. 여기 오려고 운동을 했더니 몸이 튼튼해졌나 봐요."

"그건 천만다행이네. 그런데 황금은 찾아서 뭘 하려고 했어?"

"LTC 콘서트 가려고요."

"엘티 뭐라고? 그게 뭔데?"

"LTC 모르세요? 전 세계에서 가장 유명한 가수인데요. 언니는 노래를 전혀 안 들으시나 봐요?"

"아, 그게 가수야? 이름 한번 요상하네. 황금 찾아서 그 가수 공연 보려고 했다는 거야?"

"예, LTC니까요. 이번에는 오사카에서 공연을 하는데요, 거기 꼭 가야 할 이유가 있어요. 제가 좋아하는 Joon의 마지막 공연이 될 수도 있거든요."

"그 가수를 엄청 좋아하는가 보네."

"예, 너무너무너무너무요. 언니는 좋아하는 가수 없어요?"

"나도 있지."

"정말요? LTC도 모르시는데 좋아하는 가수가 있어요?"

"허허, 이거 왜 이러셔? 나도 좋아하는 가수 있어요."

"그게 누군데요?"

"선우일선."

"선우일선이 누구죠? 새로 나온 인디 가수예요?"

"인디? 그게 뭐야? 선우일선 되게 유명한 가수인데 모르는가 보구나."

"위에 올라가면 한번 찾아볼게요."

"그러렴. 그나저나 왜 너는 그 가수를 그렇게 좋아하는 거야?"

이때 내 눈도 순두부 식당에서 만난 흑인 소녀처럼 반짝였을까? 나는 그 흑인 소녀가 내게 한 것처럼 여자에게 Joon의 매력에 대해 이야기했다. 여자는 미소를 지으며 내 이야기를 귀 기울여 듣고는 이렇게 말했다.

"너는 Joon을 꼭 만나러 갔으면 좋겠다. 도대체 여기에 황금이 있는 곳이 어디니?"
"여기 갱도 끝에 있는 호수 속이에요."
"음, 우리가 있는 이 층에는 두 개의 호수가 있어. 여기 갱도 끝의 호수는 이미 말라 버렸어. 네가 아까 요 앞에서 굴러떨어질 뻔한 곳 있잖니? 거기에 예전에는 호수가 있었어. 그런데 어느 날 발파 작업을 하면서 바닥에 구멍이 생겨서 물이 모두 빠져 버렸어. 거기에는 지금 깊은 구멍밖에 없단다.

"아, 그래요?"

나는 크게 실망하며 말했다.

"아직 실망하기는 이르단다. 네가 이리로 오던 길에 갈림길이 있었지? 거기서 오른쪽 갱도로 가면 거기에도 지하 호수가 있단다. 네가 가진 지도에는 그 호수가 안 나와 있었나 보구나. 만약에 정말로 황금이 있다면 그 호수 밑에 있을 거야. 내가 같이 가 줄 테니 정말로 황금이 있는지 가 볼까?"

"우와, 언니. 정말로요?"

"그럼. 그리고 네 얘기를 들으니 나도 황금을 찾아 그 가수 공연에 가 보고 싶어졌는걸."

"와, 좋아요. 우리 황금 찾아서 언니도 제 친구들이랑 같이 가요. 신난다."

"이제 한번 가 볼까?"

여자와 함께 걸으니 갱도가 전혀 무섭지 않았다. 곁에 있는 사람의 체온 때문일까? 거짓말처럼 추위도 사라졌다. 이런 것이 편안하고 좋은 기분이구나 싶었다. 얼마 만에 이런 기분을 느끼는 건지 모르겠다. 외할머니가 입원하시고 엄마가 병원에 가신 후 나는 음악을 듣고 친구들과 시간을 보내는 데에 많은 시간을 썼다. 아침에 눈을 뜨자마자 이어폰으로 듣는 음악은 언제나 편안함을 주었지만 따뜻함까지 주지는 못했던 것 같다. 친구들과는 대부분 황금 동굴 탐사를 준비하는 시간만을 공유했다. 신나고 가슴 떨리는 경험이었지만 지금과 같은 좋은 기분과는 전혀 다른 종류의 것이었다.

"호수에 다 왔다."

앞서 걷던 여자가 발걸음을 멈추며 말했다.

"잠시만요. 호수 아래로 손전등을 넣어 볼게요."

나는 배낭에서 셀카봉을 꺼내 손전등에 연결한 다음 셀카

봉을 길게 늘렸다. 그리고 호숫가로 가 손전등을 호수 아래로

쑥 집어넣었다. 그 순간 믿지 못할 일이 발생했다.

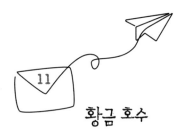

황금 호수

손전등 빛이 닿은 호수 속 모든 돌이 황금색 빛을 뿜어내기 시작했다. 호수 전체가 황금석으로 꽉 차 있었다. 동굴 속 호수 아래에서 마치 태양이 뜬 것처럼 호수가 황금빛으로 빛났다. 나는 너무도 놀라 아무 말도 못한 채 한참 동안 그 아름다운 광경을 쳐다보았다.

'풍덩.'

여자가 호수로 뛰어들었다.

"멍하니 뭐 하고 있어? 어서 들어와서 황금을 가져가야지."

나는 정신을 차리고 재빨리 셀카봉을 바위 사이에 끼어 고정시킨 다음 겉옷을 벗고 호수로 뛰어들었다. 호수 안에서 본 광경은 말로 표현하기 어려울 만큼 눈부시게 아름다웠다. 깊은 호수를 황금색 빛이 가득 채우고 있었다. 여자는 커다란 황금석을 꺼내 오른손에 든 채 수면 위로 떠올라 나를 보며 웃었다. 여자의 얼굴은 흙먼지가 물에 씻겨 나가 말끔해져 있었다. 그것은 어디선가 본 듯한 아름답고 앳된 얼굴이었다. 나도 호수 아래로 헤엄쳐 들어가 황금석을 손에 쥐고 올라와 여자를 향해 미소 지었다. 나와 여자는 신나게 헤엄치며 황금석을 하나씩 꺼내 호수 밖으로 집어 던졌다.

"이 정도면 배낭에 넣어 가져갈 수 있겠지?"
"예, 충분해요."

"그럼 우리 이제 지상으로 올라가자."

황금석을 넣어 제법 무거워진 배낭을 메고 여자를 따라 다시 갱도를 걸었다. 배낭끈이 어깨를 무겁게 짓눌렀지만 황금이 들어 있다는 생각에 그다지 힘들지 않았다.

"조금만 더 올라가면 제 친구들을 만날 수 있어요. 황금을 본 친구들의 표정이 벌써부터 기대돼요. 헤헤."

그때 멀리서 내 이름을 부르는 사람들의 소리가 들렸다.

"정우야."

"정우야, 정우야, 정우야."

"언니, 제 친구들이 저를 불러요. 아, 저렇게 큰 소리로 부르다 들키면 큰일인데 어쩌려고 저렇게 크게 부르는지 모르겠네요. 언니, 우리 서둘러 가요."

"그래, 얼른 가자꾸나."

"얘들아, 나 여깄어. 금방 갈게."
나는 친구들의 목소리가 들리는 곳으로 서둘러 걸었다. 저 멀리 갱도 끝에서 여러 개의 불빛이 보였다. 그리고 한 개의 빛이 유독 빠르게 다가오고 있었다.

"정우야!"
이런 큰일이다. 엄마 목소리다. 나는 자리에 멈춰 서 이걸 어떻게 해결해야 할지 생각했다. 뒤에 따라오는 여자를 돌아보며 말했다.
"언니, 저랑 처음부터 같이 있었다고 말해 줘… 응?"
방금 전까지 같이 있던 여자가 보이지 않았다. 다시 고개를 돌리자 나를 보고 울고 있는 엄마가 나를 와락 껴안았다. 뒤따라온 오빠도 걱정스러운 얼굴로 나를 바라보며 말했다.

"다친 데 없어? 이 쪼끄만 게 겁도 없이 이 위험한 곳을 혼자서 와? 너 집에 가면 정말로 크게 혼날 줄 알아."

"어, 엄마, 오빠. 미안. 여기 어떻게 알고 왔어?"

엄마가 눈물을 닦으며 말했다.

"규선이 엄마가 놀라서 전화했어. 규선이가 너희 걱정돼서 너희들 몰래 뒤따라왔다가 아무리 기다려도 너희들이 안 나오니까 사고 난 줄 알고 지 엄마한테 다 얘기했어. 그래서 규선이 엄마가 애들 엄마한테 전화로 알리고 엄마들이 다 동굴에 와서 직원들이랑 너희들 찾으려고 엄청 돌아다녔다. 너 여기 들어온 지 얼마나 된 줄 알아?"

"어, 한 다섯 시간? 나 동굴에서 핸드폰을 잃어버려서 이 블루투스 시계도 안 맞아."

"열 시간도 넘었어, 이것아."

"참, 여기까지 직원 언니랑 함께 왔어. 그런데 언니가 어디 갔지?"

아무리 둘러봐도 언니가 보이지 않았다.

"무슨 소리야? 직원이랑 같이 있었다고? 여기 관리 직원들은 나랑 같이 이제서야 내려왔는데."

엄마가 옆에 선 직원에게 물었다.

"저기요, 제 딸이 여기서 직원이랑 같이 있었다는데 이 지하에 직원이 있었어요?"

"무슨 말씀이세요? 직원이 있었으면 저희한테 바로 연락을 했겠죠. 그리고 이 한밤에 직원들이 여기까지 내려와서 할 일은 없어요."

"정우야, 어떤 직원이랑 있었어?"

"마른 여자 직원이었어. 작업복을 입고 있었어."

내 말을 들은 직원이 이상하다는 표정으로 내 얼굴을 쳐다보며 말했다.

"이상하네. 우리 관리실에 갱내로 내려올 여자 직원은 없는데. 여자들은 모두 행정실 직원들뿐인걸."

나는 이 상황이 이해가 되지 않았다. 그럼 그 여자는 도대체 누구였을까?

"아무튼 빨리 위로 올라갑시다. 학생 정말 큰일 날 뻔했어. 우선 양호실로 가서 다친 곳이 없는지 확인한 다음 사고 경위서를 작성할 테니 그리 알고 있어."

"예… 제 친구들은 다 위로 올라갔어요?"

"그 애들은 아까 다 올라갔어. 걔들도 추운 데서 어찌나 고생했는지 우리 보자마자 펑펑 울더라. 아무도 안 다친 게 정말 기적이야. 애들이 탈진해서 얼른 다 집에 돌려보내라고 했는데 너 오는 거 본다고 기다리고 있어. 여기서 사고 났으면 어쩔 뻔했어? 생각할수록 아찔하네. 학생 덕분에 직원들 몽땅 야근 중인데, 그래도 그게 대수인가 뭐. 학생 안 다치고 나왔으면 다 됐지 뭐."

"정말 죄송합니다."

나는 보이지 않는 포승줄에 묶인 죄인처럼 어른들을 따라 지상으로 올라갔다.

동굴 밖도 동굴 안처럼 깜깜한 밤이었다. 관리실에 들어가니 나를 기다리던 희정, 민채, 소윤, 아솔, 규선이가 울면서 나에게 달려왔다.

"정우야."

친구들도 내가 빨리 나오지 않자 엄청나게 걱정을 한 모양이었다. 나를 붙잡고 울고 있는 아이들에게 나는 귓속말로 속삭였다.

"나 찾았다."

하지만 아이들은 내 말을 못 들었는지 나를 붙잡고 울기만 했다.

엄마는 관리실을 나오며 직원들에게 연거푸 죄송하다며 허리를 숙여 인사를 했고 나도 엄마를 따라 고개를 숙였다.

"엄마, 미안해."

"엄마가 할머니 돌보느라 요새 네게 너무 신경을 못 쓴 것 같다. 내가 어쩌자고 여기서 황금을 봤다는 말을 네게 해 가지고 일을 이렇게 만들었을까? 엄마는 아까 정우에게 무슨 일이 생긴 줄 알고 하늘이 무너지는 줄 알았다."

나는 말없이 엄마를 따라가 조수석에 앉았다.

"그래도 엄마, 나 사실 황금 찾았어."

"뭘 찾았다고?"

뒷좌석에 앉은 오빠가 놀라 물었다.

"황금 찾았다고. 이 배낭 안에 잔뜩 있어. 자, 봐 봐."

나는 의기양양하게 배낭 지퍼를 열어 엄마와 오빠에게 보여 주었다.

"엄마, 정우 병원 정말로 안 가 봐도 되는 거야?"

오빠가 엄마를 보며 말했다.

"아무래도 내일 아침 일찍 병원 데리고 가서 검사받아 봐야 겠다. 어린애가 동굴에서 얼마나 놀랐을 거야."

반응이 이상했다. 놀라서 배낭 안을 들여다보니 내가 넣어 놓은 황금석은 하나도 없고 그냥 돌덩이만 잔뜩 들어 있었다.

"어, 아닌데. 정말 황금석을 잔뜩 넣었는데… 엄마, 진짜라 고."

"그래, 그래. 지하에 오래 있으면 산소가 부족해서 환각이 보일 수도 있어. 그건 정상이라고 했으니 내일 병원에 같이 가 서 검사해 보자."

"아닌데… 내가 진짜로 황금 가져왔는데…."

나는 억울했지만 아무리 봐도 가방 안에는 그냥 돌덩이만 들어 있었다. 너무도 혼란스러웠다. 그렇다면 나와 같이 황금 을 본 여자는 어떻게 된 거지? 그 여자도 모두 내 환상이었을까? 그렇게 생각하기엔 모든 것이 너무도 생생했다. 내가 넣은 돌은 황금석이 아니었는지 몰라도 처음에 여자가 호수 아래에서 건져 넣어 준 돌은 진짜 황금석일지도 모른다. 나는 배낭을 뒤집어 발판에 쏟았다.

"정우야, 뭐 해?"

내가 돌덩이들을 쏟자 운전하던 엄마가 놀래서 나를 쳐다봤다.

나는 아랑곳하지 않고 배낭 안 돌을 다 쏟아부었다. 그리고 돌덩이 사이에서 여자가 준 번쩍이는 황금석을 꺼내 들었다.

"이것도 그냥 돌덩이로 보여?"

"이리 줘 봐, 그거 정말 황금석이야?"

오빠가 급하게 실내등을 켜고 내 손에서 황금석을 가져갔다.

"엄마, 이거 진짜 황금인 것 같아."

엄마가 놀라며 말했다

"진짜 황금석이라고?"

"어, 황금이 상당히 많이 박혀 있는 것 같은데. 이야, 정우 너 진짜 황금을 찾아왔네."

"거봐, 내가 황금 찾았다고 했지?"

"그런데 여기 돌에 뭐가 새겨져 있네. 어, 이거 이름인데. 옥순?"

"어, 옥순은 너희 외할머니 성함이잖아. 정우야, 이 돌 너한테 준 사람이 누구라고?"

"작고 마르고 예쁜 얼굴의 언니였어. 나랑 몇 살 차이 안 나는 것 같았는데 아까 엄마 만났을 때 사라져 버렸어. 그런데 그 얼굴 어디서 많이 본 얼굴인데. 내가 어디서 봤을까?"

그 여자 얼굴은 어디서 본 건지 생각이 날 듯하면서도 잘 생각이 나지 않았다.

"참, 그것보다 정우야. 기쁜 소식이 있다. 외할머니 깨어나셨어."

"정말? 언제?"

"오늘 깨어나셨어. 말씀도 잘 하시고 내일부터는 죽도 드실
수 있을 거야."

"정말 다행이다, 엄마. 나 내일 외할머니 보러 갈게."

"그러자."

"앗, 나 생각났어."

"뭐가?"

"그 언니 얼굴 말이야. 나 얼마 전에 그 얼굴 사진에서 봤어."

"무슨 사진?"

"외할머니 흑백 사진. 엄마, 집에 가지 말고 외할머니 집으
로 가 줘."

외할머니 집 앞에 내린 나는 외할머니 집으로 재빠르게 뛰
어 들어갔다. 그리고 장롱 안의 외할머니 보물 상자를 열어 흑
백 사진을 꺼냈다.

"엄마, 이 여자야. 내가 동굴에서 만난 사람."

"뭐라고? 이 분은 아주 오래전에 돌아가신 네 이모할머니
야. 그 여자가 이분 맞아?"

"확실해. 바로 이 사람이었어."

"어떻게 그런 일이."

엄마는 놀란 눈으로 나를 쳐다보았다.

다음 날 아침, 나는 엄마와 함께 황금석과 흑백 사진을 들
고 병원에 계신 외할머니를 보러 갔다. 나를 보며 반가워하는
외할머니에게 나는 동굴에서 있었던 일을 조심스럽게 말씀드
렸다. 그리고 황금석과 흑백 사진을 외할머니에게 보여 드렸
다. 내 이야기를 다 듣고 황금석에 새겨진 자신의 이름을 본
외할머니의 눈 주변이 점점 붉게 변했다. 할머니의 하얀 입술
사이로 아주 멀리서 와 얇게 퍼지는 듯 희미한 이름이 새어 나
왔다.

"울 정자 언니."

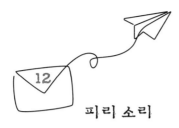

피리 소리

- 저 멀리서 들려오네, 사랑의 노래

- 애닯피 봄을 잃은

- 청춘들의 서러운 하소가

- 음, 구슬피 들리네

목소리가 나오지 않아도 노래를 부를 수 있구나. 속으로 노래를 부르니 나도 선우일선처럼 높고 청아하게 소리를 낼 수가 있네. 그런데 이 노래를 얼마나 더 불러야 어른들이 나를 구하러 올까? 무너진 광석 더미를 치우는 데 사나흘은 더 걸릴 테지. 그러길래 내가 지난달부터 이 갱도를 받치고 있는 나무 기둥이 썩어 간다고 그리 얘기했는데 왜 아무도 귀담아듣지 않았는지 모르겠다. 작년에 빗물이 여기 갱도로 들이닥친 적이 있다고 승배 아저씨가 말해 준 적이 있다. 분명히 그때 물에 잠겼다가 썩었을 것이다.

손가락 하나라도 움직일 수 있으면 좋으련만 왼쪽 눈꺼풀만 빼고 온몸이 마비된 건지 마치 가위에 눌린 것마냥 꼼짝도 할 수가 없다. 처음에 눈을 떴을 때는 정말로 가위에 눌린 줄로만 알았다. 그런데 이렇게 오래 눌려 있는 가위가 있던가. 뭔가 크게 잘못되기는 한 것 같다. 보이는 것은 이마등 불빛이 비추고 있는 눈앞의 갱도 벽뿐이다. 이 안에서 움직이는 것은 흙먼지가 붙은 내 왼쪽 속눈썹밖에 없다.

나는 광산 갱에서 금을 캐는 조선의 열일곱 살 광부 정자다.

갱에서 채굴을 시작한 지는 3개월 남짓 되었다. 벌써 음력 7월이니 시흥 광산에서 일을 한 지는 거의 3년이 다 된다. 시흥군 서면의 면사무소에서 일한다는 먼 친척 어르신이 어느 날 집에 찾아와 만주로 징용을 끌려가지 않으려면 광산으로 출근하라고 아버지께 얘기하여 선광장에서 일을 시작하였다.

진시(辰時) 전에 점심 도시락을 싸 들고 집에서 나와 15리를 걸으면 다른 이들보다 먼저 광산에 도착한다. 공터 왼쪽 구석에 앉아 있으면 선광장에서 같이 일을 하는 반가운 또래 동무들이 속속 도착한다. 민덕이, 윤희, 희자, 아숙이, 선자. 민덕이와 윤희는 나와 같은 17살이고 희자는 15살, 아숙이는 14살, 선자는 이제 막 12살이 된 꼬마이다.

출근 시간이 되면 300명이 넘는 사람들이 공터에 모여 우글대기 시작한다. 갱에서 금을 캐고 밀차로 실어 나르는 조선인 어른들이 가장 많다. 우리는 어른들 사이에 껴 황국신민체조를 적당히 하는 척하다가 잘 들리지도 않는 작업 주의 사항을 듣고 선광장으로 향한다. 선광장에 들어서면 일본인 감독관이 출근표에 도장을 찍어 준다. 선광장에서 돌을 고르는 기준은 세 가지로 단순하다. 좋은 것, 나쁜 것, 버릴 것. 금이 많이 박혀 반짝이는 돌덩이가 좋은 것이다. 좋은 것은 어딘가로 가져가 갈아서 황금을 만든다고 했다. 우리는 돌을 고르고 버릴 돌덩이를 리어카에 담아 밖에다 내다 버리는 일을 맡았다. 일은 술시(戌時) 전에는 끝이 났다. 일본인 감독관들이 우리가 몰래 가져가는 황금석이 없는지 몸 수색을 하고 몸 수색이 끝나면 비로소 집으로 돌아갈 수 있다. 일한 대가를 돈으로 받은 적은 없다. 우리에게 조선인 감독관은 만주로 끌려 가지 않고 고향에 머물 수 있는 것만으로도 감사해하라고 했다.

어느 날 점심 도시락을 먹고 있는 나와 민덕이, 윤희를 조선인 감독관 배 씨가 불렀다. 그는 선광장에서 틈만 나면 일을 빨리 하라고 우리에게 손찌검과 발길질을 일삼는 이였다. 어른들은 그가 십여 년 전에 황금을 찾으러 팔도강산을 돌아다

닌 이라 하였다. 그러나 황금은 못 찾고 밭을 팔아 광업권이

라는 걸 샀다가 쫄딱 망해 이리저리 굴러다니다 일본인들에

게 붙어 이 광산으로 왔다고 했다.

우리는 우리가 무엇을 잘못했는가 싶어 마음을 졸이며 그

를 따라갔다. 그는 우리를 관리실로 불러 세우더니 이제부터

여자인 우리도 내일부터 갱에 들어가 채굴을 해야 한다고 말

했다. 이제껏 여자가 갱에 들어가는 일은 없었기에 우리는 심

심했던 감독관이 우리를 불러다 놓고 쓸데없는 농을 한다고

생각했다. 그러나 그것은 농이 아니었다. 법이 바뀌어 16세 이

상인 여자는 광업 전사가 될 수 있게 됐다면서 일본어가 적힌

종이를 한 장 보여 줬다. 학교를 다녀 본 적 없는 나는 일본 글

은 말할 것도 없고 한글도 읽고 쓸 줄 모르기에 민덕이와 윤희

만 바라보았다. 그때 나는 보통학교를 다녀 일본 글을 읽을

줄 알았던 민덕이의 얼굴이 걱정으로 일그러져 가는 것을 보았

다. 배 씨는 민덕이의 표정이 보이지 않는 듯 우리가 이 광산에

서 처음으로 갱에 들어가는 여자들이 된 것을 영광으로 생각하라며 말했다. 그 말을 하는 배 씨의 얼굴은 마치 자기가 우리에게 갱에 들어갈 기회를 주기라도 한 마냥 뻔뻔했다. 할 말을 마친 배 씨는 알았으면 얼른 가 보라는 듯 우리를 보지도 않고 나가라는 손짓을 했다. 배 씨는 못 보았지만 윤희 입술이 빠르게 움직이며 소리 없이 이리 말했다.

"경칠 놈 지랄 옘병하네."

제비꽃

"지난주 갱도 붕괴 사고로 어른들이 많이 죽고 다쳐서 일할
사람이 없어서 그런 거겠지? 어른들이 돌아오면 우리도 다시
선광장으로 돌아와서 일할 수 있겠지?"

집으로 돌아오는 길에 논두렁 옆 제비꽃 밭에 앉아 내가 민
덕이에게 물었다. 민덕이는 괜히 제비꽃을 몇 개 뜯더니 그냥
버리기 아까운 듯 코에 대고 향기를 맡으며 말했다.

"우리 도망갈까?"

"어디로?"

윤희는 이미 답은 정해져 있다는 듯 땅만 쳐다보며 대꾸했다.

"사실 갈 데도 없다. 도망치면 내 동생들이 만주로 끌려갈까 봐 나도 어디 못 간다."

민덕이가 크게 한숨을 쉬며 나를 보며 말했다. 나는 아무 말도 안 했지만 나 역시 이제 네 살배기인 내 동생 옥순이를 데리고 내가 어디를 갈 수 있을까 싶었다. 내일부터 갱에 들어갈 걱정을 하며 집으로 터벅터벅 걸어 돌아오니 내 소리를 듣고 항상 그랬던 것처럼 옥순이가 웃으며 달려와 힘껏 안긴다.

"아이쿠야, 우리 옥순이, 배고프지?"

"응, 배고파."

"금방 저녁밥 만들어 줄게."

집에 먹을 것이라고 해 봐야 보리쌀에 뜯어 놓은 독새기풀과 쑥이 전부였다. 어머니는 옥순이를 낳다 돌아가셨고 지난해 아버지마저 폐병을 앓다 돌아가신 후 이 집에 남은 가족은 나와 옥순이뿐이었다. 나는 밭일을 잘해 열두 살 때부터도 어른 품삯을 받았기 때문에 아버지가 아프실 때도 입에 풀칠은 하면서 살 수 있었다. 문제는 내가 광산에서 일을 시작하면서부터 생겼다. 처음에는 광산에서 일하면 용돈 정도는 받을 수 있다고 하였다. 그런데 한 번도 돈을 받은 적은 없다. 나를 광산에서 일하게 한 친척 어르신이 어쩌다 한 번씩 사람을 시켜 보리쌀을 보내는 것이 전부였다.

옥순이는 낮에는 옆집이나 윗동네에 사는 이모네에 가 있다가 해가 지면 집으로 돌아와 나를 맞이했다. 옥순이와 나는 그저 하루하루를 버텨 내고 있는 셈이었다. 나는 지금도 삶의 낭떠러지에 서서 겨우겨우 한 걸음을 옮기고 있는 것 같은데, 갱에서 일을 시작하면 삶이 어떻게 될지 너무나도 두려웠다.

갱에서 내가 맡은 일은 어른들이 광맥을 발견하면 광석을 채굴하는 일이었다. 나는 작업복을 입고 이마등이 매어 있는 안전모를 쓰고 정과 망치를 들고 갱으로 들어가 광맥에서 돌덩이를 떼어 냈다. 어떤 갱도는 너무 좁아 오리걸음을 하거나 기어가야만 했다. 가끔 광맥에서 커다란 황금석을 떼어 낼 때면 이걸 이대로 옥순이에게 보낼 수 있으면 참 좋겠다고 혼자 생각하곤 했다. 그러나 이런 생각은 잠시뿐, 낙석 사고로 하루에도 몇 번씩 다치는 사람들을 볼 때마다 나는 황금이고 뭐고 상관없고 제발 무사히 일을 마치고 가 옥순이를 볼 수 있게 해 달라고 갱 안에서는 보이지도 않는 하늘에 대고 기도하기 바빴다. 민덕이는 갱에서 일을 한 지 삼 일 만에 돌이 왼쪽 눈에 튀어 한참을 붕대를 감고 일을 하였다. 다행히 얼마 지나지 않아 붕대를 풀었지만 흰자위에는 꽤 오랫동안 핏물이 고여 있었다.

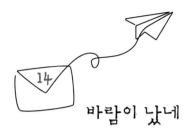

바람이 났네

어느 날 점심시간에 민덕이가 갱 천장에서 도시락에 떨어진 돌가루를 집어내다 말고 말했다.

"너희 선우일선이 부른 〈바람이 났네〉 들어 봤어?

"선우일선이 누구래?"

나는 생전 처음 듣는 이름이었다.

"여기 선우일선을 모르는 사람도 있네. 이 노래도 몰라?"

윤희가 멋들어지게 노래를 부르기 시작하자 우리가 있는 넓은 갱 안에 윤희의 아름다운 목소리가 울려 퍼졌다.

– 다방골 뒤악집 노점집 딸이 / 연분홍 깊어가 바람이 났네 /
진달래 꽃들을 다랑에 싸서 / 방둑에 놓고를 발보듬 하며 / 스리
스리 슬쩍 사리사리 살짝 / 에고에고 탈이 났소 바람이 났소

"아, 나도 들어 봤다."

어디선가 들어 본 노래였다.

"그치, 요새 선우일선 노래를 안 들어 본 사람은 없어야지.
호호."

"글쎄, 그 목소리가 비단결 같다는 말이 진짜더라고."

"평양 기생 학교 출신이라네."

"멋지네. 그 학교 어딘지 나도 가 보고 싶네."

"우리는 나이가 많아서 안 받아 줄걸."

민덕이가 윤희와 대화를 이어 가다 나를 보며 말했다.

"정자야, 오늘 옥순이 데리고 우리 큰집에 같이 가서 라디오
들을래?"

"와, 너희 큰집에 라디오도 있어?"

"얼마 전에 하나 들여놨더라. 요새 동네 사람들이 저녁마다 라디오 들으려고 큰집에 자주 오니까 너희도 오늘 같이 가자."

"정말 재밌겠다."

나는 라디오를 들을 생각에 심장이 콩닥콩닥 뛰었다.

그날 저녁 집에 도착하자마자 서둘러 보리를 갈아 가루를 낸 후 된장보리죽을 끓여 옥순이와 나눠 먹었다. 부실한 밥이었지만 요새 굶는 사람이 천지인데 이렇게라도 끼니를 때우는 게 얼마나 다행인가 싶었다. 얼마 되지 않는 죽을 싹싹 긁어 먹은 후 라디오를 들으러 옥순이를 업고 논두렁을 걸었다. 걸으면서 갱 안에서 윤희가 부른 노래를 흥얼거렸다. 가사는 잘 기억나지 않았지만 흥얼거리는 데는 아무런 지장이 없었다.

- 스리스리 슬쩍 사리사리 살짝 에고에고 탈이 났소 바람이 났소

"언니, 그게 무쯘 노래야? 왜 털이 났어?"

옥순이가 물었다.

나는 무릎과 어깨에 위쪽으로 반동을 툭 주어 등 뒤에서 조금 아래로 흘러내려온 옥순이를 제대로 업으며 말했다.

"호호. 털이 난 게 아니라 탈이 났대. 이 노래 재밌지? 너도 따라 불러 봐. 스리스리 슬쩍 사리사리 살짝 에고에고 탈이 났소 바람이 났소."

"쯔리쯔리 쫄쩍, 싸리싸리 쫄쩍 바람이 나쪼."

"아이쿠야, 우리 착한 옥순이 노래도 잘하네."

나는 옥순이와 노래를 부르며 좁은 논두렁을 걸어 민덕이네 큰집에 도착했다. 집 앞에서 우리를 기다리던 민덕이가 반

기며 우리를 끌고 가더니 라디오가 가장 잘 들릴 거라며 마당의 평상 앞쪽에 앉혔다.

"우리 옥순이도 왔네. 너 주려고 언니가 누룽지 챙겨 놨다."

민덕이가 옥순이에게 누룽지를 하나 건네 주자 옥순이가 기뻐하며 두 손으로 덥석 잡아 입으로 물었다.

"옥순아, 고맙습니다 해야지."

옥순이는 입에 문 누룽지를 오물오물 씹으며 민덕이에게 인사했다.

"고마쯥니다."

"우리 옥순이 맛있게 먹어."

옥순이가 누룽지에 집중하고 있는 사이 민덕이네 큰아버지가 방에서 나오시더니 전깃불을 밝혔다.

"와, 환하다."

옥순이가 전깃불을 보며 좋아했다.

"이 동네는 광산 때문에 집집마다 전기가 들어온다. 그런데 전기 요금이 비싸서 잘 안 켜. 우리 큰아버지도 이렇게 사람들 있을 때 자랑하려고 켜시는 거야."

민덕이가 전깃불을 보고 신기해하는 나를 보며 설명했다. 민덕이네 큰아버지는 마루에 내놓은 큰 흰색 보자기를 손으로 풀으셨다. 보자기 안에는 나무 상자가 들어 있었다. 여러 개의 커다란 구멍이 뚫려 있었고 아랫부분에는 둥그렇고 작은 손잡이가 달린 나무 상자였다.

"정자야, 저게 라디오야."

민덕이가 나를 툭툭 치며 말했다.

"옥순아, 저기 라디오 봐라."

나는 옥순이가 보라고 라디오를 손가락으로 살며시 가리켰다. 민덕이네 큰아버지가 손잡이 하나를 돌리자 라디오에서 해금 소리가 나오기 시작했다.

"와."

옥순이가 라디오에서 나오는 해금 소리에 감탄하여 먹고
있던 누룽지도 손에서 놓은 채 라디오를 뚫어지게 쳐다보았
다. 민덕이네 큰아버지가 손잡이를 오른쪽으로 더 올리자 조
용한 온 동네에 음악이 다 들릴 것처럼 소리가 커졌다. 갑자기
소리가 커져서 놀랐는지 여기저기서 동네 개들이 짖어댔다.

라디오에서 해금 소리가 끝나자 경성방송국 오케스트라의
반주에 맞춰 선우일선이 신민요 〈피리 소리〉를 부른다는 남
자 목소리가 나왔다. 얼마나 비단결 같은 노래가 흘러나올지
기대하며 라디오에 귀를 기울였다.

– 저 멀리서 들려오네 피리 소리가 / 곱게도 봄을 맞는 / 목동들
의 버들피리 소리 / 음 구슬피 들리네

– 저 멀리서 들려오네 사랑의 노래 / 애달피 봄을 잃은 / 청춘
들의 서러운 하소가 / 음 구슬피 들리네

– 저 멀리서 들려오네 풀피리 소리 / 고요히 등불 아래 / 졸고 있

진실로 곱고 청아한 목소리였다. 노래가 끝나자 마당에 있는 모든 사람들이 박수를 쳤다. 나도 모르게 같이 열심히 박수를 쳤는데 옆에서 옥순이도 나를 따라 박수를 치기 시작했다.

"정자야, 감명했구나?"

내가 노래에 깊이 빠져 온 줄도 몰랐던 윤희가 어느 새 옆에 앉아 내 눈을 바라보며 활짝 웃으며 말했다. 윤희 옆에는 어느 틈에 왔는지 희자, 아숙이, 선자도 나란히 앉아 있었다.

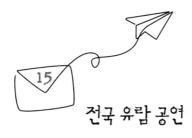

전국 유람 공연

선우일선의 노래를 듣고 난 그날 이후 나는 옥순이를 데리고 자주 민덕이네 큰아버지 댁에 가서 라디오를 들었다. 갱에서 일을 하고 나오면 온몸이 쑤셔대 힘들었지만 저녁에 라디오에서 흘러나오는 노래를 듣고 있는 순간에는 통증을 잊을 수 있었다. 다른 아이들도 나와 비슷한 경험을 하고 있는 듯 민덕이네 큰아버지 댁에 자주 놀러 왔다.

"지금 노래한 이도 평양 기성권번(箕城券番) 기생 양성소

출신이라지? 나도 저기에 들어가야겠어."

어느 날 라디오에서 나오는 노래가 끝나자 희자가 말했다.

"언니, 여기서 평양이 얼마나 먼데 거기를 가? 그리고 다들 저기 한 달 학비가 쌀 한 가마니 값이라고 하던데."

아숙이가 희자에게 말했다.

"나라고 못 갈 건 뭐람. 이렇게 광산에서 일하다 언제 어떻게 죽을지도 모르는데. 나도 한 살만 더 먹으면 여기 언니들처럼 갱으로 들어갈 거 아니야."

희자가 무릎을 팔로 감싸 안으며 무릎 사이로 고개를 푹 파묻었다. 그리고 중얼거렸다.

"15살 넘으면 기생 학교에 들어갈 수도 없대."

나는 희자의 말이 그리 틀린 것은 아니라고 생각했다. 희자도 내년이면 16살이 되니 갱으로 들여보내지 않을 이유가 없다. 옥순이만 아니었다면 나도 희자와 같은 생각을 하지 않을까 싶었다.

"그런데 언니는 노래를 못하잖수?"

선자가 눈치 없이 희자에게 말했다.

"꼬맹아, 노래 말고 무용을 하면 되거든."

희자가 발끈하며 대꾸했다.

"문제는 노래나 무용이 아니야. 학비가 문제지."

민덕이가 희자를 보며 말했다.

"우리들은 매일 죽어나게 금을 캐는데 손에 하나 쥐는 게 없으니. 우리 황금을 몰래 들고 나올까?"

희자가 투덜대자 민덕이는 누가 들을까 주위 눈치를 보며 희자에게 말했다.

"쉿, 조용히 해. 여기라고 일본인 앞잡이가 없을라고."

희자는 당연히 평양에 가지 못했다. 다음 날도 그다음 날도 희자는 선광장에 출근했다. 하지만 달라진 것이 하나 있었다. 희자가 광산에서 황금을 가져오고 싶다는 얘기를 꺼낸 이후로 희자를 포함하여 우리 모두는 진짜로 황금을 훔쳐 나올 방법이 있지 않을까 궁리를 하기 시작한 것이다. 물론 희자를 평양 기생 학교에 보내기 위해 황금이 필요한 것은 아니었다. 희자는 노래는 말할 것도 없고 몸짓도 엉망진창이라 기생 학교에 가도 바로 쫓겨날 것이 틀림없었다. 이건 희자를 포함해 우리 모두가 동의한 사실이었다.

우리가 황금에 눈독을 들인 이유는 아세아가요단이 악극 《심청전》으로 전국 유람 공연을 시작했다는 내용을 그날 라디오로 들었기 때문이었다. 우리의 가슴을 뛰게 한 결정적인 내용은 주인공 심청이 역을 선우일선이 맡아 시월에 경성에서 공연을 한다는 것이었다. 황금을 팔아 경성에 가 선우일선의 공연을 보자는 데에 모두의 의견이 일치했다.

하지만 광산에서 일하고 나올 때 일본인 감독관이 어찌나 몸 곳곳을 샅샅이 살피는지 금가루가 붙은 먼지 하나도 갖고 나올 수가 없었다. 누구는 풍문으로 어떤 이가 황금을 집어삼

키고 나와 부자가 됐다는 얘기를 하는데, 그건 광산에서 일해 본 적도 없는 이가 지어낸 말이 틀림없다고 생각했다. 그 삐쭉빼쭉한 돌덩어리를 삼켰다간 바로 배가 찢어져 죽을 것이니까.

"언니, 갱 안에 있다는 수직 갱도 말이오. 거기를 사람이 기어올라 갈 수는 없겠소?"

희자가 내게 물었다.

"말도 안 되는 소리 말어. 어떤 사람이 그 높은 곳을 기어올라 갈 수 있겠냐? 내가 엊그제 아래에서 위를 올려다봤는데 어찌나 높던지 밖에 하늘이 바늘구멍만 하게도 안 보이더라."

"그렇겠죠… 그런데 산 위에 입구 구멍은 감독관들이 지키고 있어요?"

"계속 거기를 지키고 있지는 않지. 두어 시간에 한두 번씩 왔다 갔다 하는 것 같더라."

"그리로 황금을 들고 나오는 건 말도 안 되겠죠?"

"그 높은 걸 기어올라 와서 감독관한테 걸려 매질을 당하려고? 아서라."

나는 희자에게 그리 얘기했지만 곰곰이 생각해 보니 갱도를 기어올라 갈 수만 있다면 황금을 갖고 나올 수도 있겠다 싶었다. 비가 오면 감독관이 갱도의 입구를 닫고 순찰을 돌지는 않는 것 같았기 때문이다. 비 오는 날 운이 좋아 수직 갱도 근처에서 일하다 점심시간에 애들이 망만 봐 주면 기어올라 가 입구를 열고 황금석을 산에 묻어 놓으면 된다. 그리고 갱에서 나와 몸 수색을 마친 후 산으로 몰래 기어올라 가 황금을 숨겨 갖고 나오면 되는 것이다. 광산을 나갈 때 몸 수색을 또 하지는 않으니까 수직 갱도를 기어올라 갈 수만 있다면 충분히 가능한 일이었다.

나는 민덕이와 윤희에게 광산에서 황금을 갖고 나올 방법에 대해 이야기했다.

"아까 희자가 말했던 수직 갱도로 황금을 빼내는 방법 말이야. 잘만 하면 가능할 것 같아."

"나도 그 생각 여러 번 해 봤어. 한 명이 수직 갱도를 올라가고 갱에 있는 두 명이 망을 보든 소란을 일으키든 역할을 하고, 선광장에 있는 애들이 바깥에서 감독관들만 붙잡아 두면 못 할 것도 없지."

윤희가 내 말을 거들었다.

"비가 많이 오는 날 한번 시도해 보자. 수직 갱도는 내가 올라갈게."

내가 갱도 오르는 역할을 맡겠다고 하자 민덕이가 그건 아니라는 얼굴로 내게 말했다.

"너처럼 마르고 힘도 없는 애가 거기를 어떻게 올라가냐?"

"나처럼 가벼운 사람이 잘 올라가지 않겠어? 우리가 황금을 무더기로 갖고 갈 수 있는 것도 아니고 묵직한 놈 딱 한 덩이 주머니에 넣고 올라갈 거니까 나도 할 수 있을 거야."

"나라면 모를까 너는 아니야."

　그날 이후로 갱에서 일하는 우리와 선광장에서 일하는 아이들은 마주칠 때마다 황금을 가져 나올 방법을 얘기했다. 비가 오는 날 수직 갱도 입구의 문이 닫히면 갱에서 일하는 한 명이 점심시간에 갱도를 오르기로 했다. 나머지 두 명은 망을 보고 선광장에서 일하는 세 명이 돌아가며 선광장 앞길을 통해 감독관이 가학산 중턱의 수직 갱도로 올라가는지 감시하기로 했다. 수직 갱도 입구로 가는 길은 선광장 앞길이 유일하니 감시만 잘 하면 될 일이라 생각했다. 혹시나 감독관이 올라가는 것 같으면 매질을 당하더라도 문제를 일으켜 시간을 끄는 것이 선광장에서 일하는 아이들이 해야 할 일이었다.

　그날 밤 옥순이를 팔베개해서 재우며 물었다.

"옥순아, 우리에게 돈이 많이 생기면 뭐 하고 싶어?"

"언니랑 맛찌는 꺼 많이많이 먹고 싶어."

"맛있는 게 뭐야?"

"쌀밥이랑 또 열무김찌랑 옥슈슈랑 또 고구마랑."

"우리 옥순이 먹고 싶은 것도 많네. 먹고 싶은 거 말고는?"

"언니랑 매일매일 놀고 시뽀. 또 언니들 가는 학꾜 가고 시
뽀."

"그래, 옥순이는 학교 가서 한글 배워서 이름도 쓸 줄 알아
야지. 언니가 내일은 민덕 언니한테 물어서 옥순이 한글 이름
쓰는 법 배워 올게."

"민덕아, 옥순이 이름을 한글로 여기 땅에다 써 줘 봐."

갱에서 도시락을 먹으며 민덕에게 부탁했다.

"흙바닥도 아니고 단단한 이 돌바닥에 이름을 파라고? 밥
먹을 때는 개도 안 건드린다는데, 참."

민덕이는 툴툴거리며 보리밥을 입에 쑤셔 넣고는 이마등으로 바닥을 비추며 곡괭이로 옥순이의 이름을 쓰기 시작했다.

"정자야, 잘 봐라. 이것이 이응, 오, 기역이야. 합쳐서 옥이 되는 거야. 다음에 시옷, 우, 니은. 합쳐서 순이 되는 거야. 이제 네가 한번 곡괭이로 파 봐라."

"잘 모르겠는데. 다시 한번 말해 줘 봐. 이것이 뭐라고?"

"이응이라고. 이응."

"동그라미가 이응이구만. 이응, 오, 기역. 기역은 나도 안다. 이게 옥이구만."

"이제 순을 한번 파 봐라."

"내가 잘 쓰나 잘 봐 줘라."

"이제 보통학교에서 한글을 안 가르친다 하더라. 몇 년 이따가 옥순이 학교 가도 한글 못 배울 거다. 네가 잘 알려 줘야 한다."

나는 일을 시작하기 전까지 옥순이의 이름을 갱도 바닥에 파며 익혔다.

"정자야, 네 이름은 안 배우냐?"

옆에서 내 모습을 보던 윤희가 물었다.

"내 이름은 다음에 네가 알려 줘라. 오늘은 옥순이 이름 외우는 것만 해도 어렵다."

이날 옥순이의 이름을 배운 건 정말로 행운이었다.

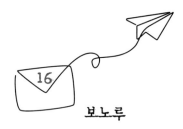

보노루

음력 7월 초하루 아침이었다. 오늘 아침일 수도, 혹은 어제이거나 며칠 전 아침일지도 모를 아침이었다. 구름 한 점 없는 여름 날씨였지만 그 전날과는 다르게 새벽부터 방 안에서도 간간이 지나가는 소리가 들리는 바람이 불기 시작했다. 얼마 만에 맞는 시원한 바람이냐 싶어 바람이 온몸을 훑고 지나가도록 팔다리를 쭉쭉 뻗으며 광산으로 향했다.

체조 시간을 기다리며 공터 그늘에서 쭈그려 앉아 있는데 멀리서 요란한 소리가 들려왔다. 일어나 무슨 일이 일어났다 싶어 바라보니 어른들이 뭘 잡으라고 소리치며 이리 뛰고 저리 뛰고 있었다. 자세히 보니 어른들 사이로 뭔가 쏜살같이 빠져나와 내가 있는 방향으로 뛰어오고 있었다. 보노루였다.

어렸을 때 논둑에 빠진 보노루 새끼를 본 적이 있었다. 논길을 걷다 가까이에서 깍깍거리는 소리가 들려 무슨 새가 저렇게 우나 싶어 소리가 나는 곳으로 가 보았다. 소리를 따라가 조심조심 논둑 아래를 봤더니 작은 보노루 새끼가 기운을 다 썼는지 고개를 등 뒤로 돌리고 눈을 반쯤 감은 채 울고 있었다. 나는 그 작은 것이 안쓰러워 두 손을 뻗어 들어 올렸다. 그러자 그 고슬고슬한 털이 두 손 안에 쏙 들어왔다. 내 손 안에 있으면서도 바둥거리지도 않고 숨만 쉬던 그 작은 것은 땅 위에 내려놓아도 도망가지도 않고 앉아 있다가 연신 고개를 아래로 떨구었다. 나는 다시 보노루 새끼를 들어 품에 안고 달려가 뒷산 풀숲에 내려놓았다. 그때서야 새끼 보노루가 기운을 조금 차렸는지 비실대며 일어나려고 하였다. 나는 주변에 누가 있는지 살펴보고는 우물터로 달려가 조롱박 바가지에 물을 떠서 새끼 보노루를 놓아둔 곳으로 돌아왔다. 하지만 내가 돌아와 보니 새끼 보노루는 그 자리에 없었다.

광산 공터에서 뛰고 있는 보노루도 다 자란 놈은 아니었다. 하지만 껑충껑충 뛰며 사람들 손을 피해 뛰는 모습이 참으로 대단했다. 나는 조마조마한 마음으로 보노루가 잡히지 않기를 바라며 그 광경을 바라보았다. 내 응원이 통했는지 보노루는 날쌔게 사람들을 요리조리 피하며 내게 달려오고 있었다. 나와 남은 거리가 스무 발자국도 안 남았을 때였다. 누군가가 뒤에서 던진 돌멩이가 보노루의 목에 명중해 버렸다. 보노루는 휘청거렸고 사람들은 그 틈을 놓치지 않고 보노루를 잡으려고 팔을 허우적댔다. 사람들의 손이 보노루의 몸에 닿으려는 찰나 거센 바람이 공터에 흙먼지 바람을 일으켰고, 그 바람 탓에 눈에 흙이 들어간 사람들이 허둥대는 사이 보노루는 정신을 차리고 일어나 다시 달렸다.

나는 벽을 향해 돌아섰다. 그리고 두 팔을 번쩍 들어 올렸다. 어느 순간 등 뒤에서 보노루가 뛰어오른 것이 느껴졌다. 공중으로 떠오른 보노루는 빠르게 높은 광산 벽을 훌쩍 넘어갔다. 사람들이 허탈한 표정으로 서로를 보며 그것도 못 잡느냐고 한마디씩 하는 사이, 실컷 구경을 하던 감독관들이 언제 구경을 했냐는 듯 갑자기 체조 시간이라며 얼른 대열을 갖춰 서라고 고함을 치기 시작했다. 나는 발걸음을 옮기면서도 보노루가 넘어간 담벼락 위의 하늘에서 눈을 떼지 않았다.

체조가 끝나고 어떤 이가 다가와 아까 멀리서 나를 봤다며 말을 걸었다. 그리고 내 키가 컸으면 번쩍 든 팔로 보노루의 다리를 확 잡아챌 수도 있었을 텐데 그러지 못해 아깝다며 나를 위로했다. 정말 아무것도 모르는 소리였다. 나는 보노루를 잡으려고 한 것이 아니었으니까. 나는 아까 보노루가 담장을 넘어갈 수 있는 나무가 되려 했었다.

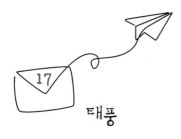

태풍

일을 시작하고 얼마 후, 갱도 안에 축축한 기운이 가득 찬
것 같은 이상한 느낌이 들었다.

"왜 이렇게 몸이 이상하지? 오늘따라 여기가 너무 축축한
것 같지 않아?"

윤희도 같은 느낌이었는지 일하다 말고 나를 툭툭 치며 말
했다. 민덕이는 아까 어른들이 곧 큰비가 쏟아질 날씨라며 혹
시나 갱도에 물이 들어차면 어쩌나 하는 걱정들을 많이 했다
고 내게 말해 주었다. 나는 드디어 우리가 황금석을 갖고 나갈

때가 왔다고 생각했다.

"오늘이다."

나는 민덕이와 윤희에게 말했고 아이들도 같은 생각을 했는지 말없이 눈을 맞추며 고개를 끄떡였다. 나는 갖고 나갈 가장 크고 좋은 황금석 한 덩이를 광맥에서 세심하게 떼어 내어 재빨리 작업복 안에 숨겼다.

점심시간 무렵이 되자 도망갔던 보노루가 가학산에서 다시 발견됐고 일본인 감독관 여러 명이 99식 소총이라는 새로 받은 총을 시험하는 핑계로 그 보노루를 사냥하러 가학산으로 올라갔다는 소식이 들렸다. 나는 제발 그 보노루가 잡히지 말고 도망가기를 바랐다.

내 간절한 바람이 통했는지 보노루는 잡히지 않았다는 얘기가 들렸다. 대신 격발하는 순간 총이 폭발하는 바람에 감독관 한 명이 크게 다쳤고 같이 갔던 감독관들 여러 명이 다친 감독관을 데리고 병원으로 갔다고 했다. 다들 고소하다며 한마

디씩 거들고 있는데, 다른 감독관들이 조선인 광부들의 대화를 들었는지 갑자기 오늘은 할당량을 반드시 채워야 한다고 성을 내며 작업을 재촉하기 시작했다. 그러면서 다음 주에 하려고 했던 발파 작업을 오늘 다 끝마치라고 지시했다. 그러고는 시간이 없다며 발파 작업이 이뤄질 가장 낮은 층인 우리가 일하고 있는 층과 그 바로 위층 갱도의 광부들만 대피시킨 채 발파 작업을 할 테니 지시가 내려오면 바로 작업을 멈추고 지상으로 올라갈 준비를 하라고 했다.

"저 미친 놈들 또 시작이네. 저러다 사고 나면 발파 작업을 하는지 알지도 못하면서 위에서 일하는 사람들을 또 얼마나 죽이려고."

여기저기서 수군대며 작업관들을 욕하는 소리가 들렸다. 얼마 있어 발파 작업 인원만 남고 모두 대피하라는 지시가 내려왔다.

"오늘은 황금 갖고 나가기 틀렸다. 하필 비 오는 날 발파 작업을 하겠다고 난리라니."

민덕이와 윤희는 다음 비 오는 날에 황금을 빼내는 기회를 다시 노리자고 하면서 어른들을 따라 갱도를 걷기 시작했다. 하지만 나는 이런 어수선한 틈에 수직 갱도를 오르는 것이 오히려 더 낫지 않을까 싶어 윤희의 뒤를 따라가다 말고 수직 갱도가 있는 길로 방향을 바꿔 힘껏 달렸다. 이런 상황이면 아이들이 위험하게 망을 볼 필요 없이 나 혼자서 갱도를 오르면 되겠다 싶었기 때문이었다.

수직 갱도에 가까워질수록 빗방울이 떨어지는 소리가 마치 폭포수가 떨어지는 것처럼 엄청나게 크게 들려오기 시작했다. 수직 갱도 입구가 아직도 열려 있는 게 아닐까 싶어 수직 갱도 위를 올려다봤더니 우려했던 대로 수직 갱도 입구가 열린 채 비가 쏟아지고 있었다. 산에서 흘러내려 온 흙탕물도 수직 갱도 벽을 따라 콸콸콸 쏟아졌다. 열 자 깊이로 파여 있던 수직 갱도 바닥은 깊은 물웅덩이로 변해 있었다. 오전에 있었던 총기 사고로 감독관들이 병원으로 간 사이에 폭우가 쏟아졌고 남아 있는 감독관들은 발파 작업에만 신경을 쓰느라 수직 갱도 입구를 닫아야 하는 것을 잊은 것이 분명했다.

나는 사다리를 두 손으로 잡고 올라탔다. 사다리가 빗물에 미끄거렸다. 물에 빠진 것마냥 금세 작업복이 쫄딱 젖어 버렸다. 쏟아지는 물소리가 정신을 혼미하게 했다.

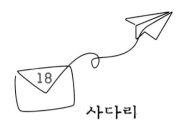

사다리

어른들은 이 사다리의 길이가 팔백 자도 넘는다고 했다. 사다리 한 칸의 길이가 두 자 정도 되니 사백 칸을 올라야 사다리 꼭대기에 다다를 수 있는 셈이다. 나는 한 칸씩 오를 때마다 숫자를 세기 시작했다. 숫자가 막 사십을 넘어가자 팔이 쑤셔 오기 시작했다. 빗방울은 점점 더 거세어졌다. 쏟아지는 흙탕물이 얼굴로 튀어 눈을 제대로 뜨기가 힘들었다. 곧 천둥 번개도 치기 시작했다. 번갯불이 번쩍거릴 때는 아주 잠시나마 수직 갱도가 보랏빛으로 환하게 밝아졌다. 그럴 때면 아래를 쳐다보지 않으려고 재빨리 눈을 감았다. 그리고 귀를 찢는 듯한 천둥 소리가 들려올 것에 긴장하여 꼼짝 않고 사다리에 매달려 있었다.

큰 굉음과 함께 갱도 전체가, 아니 광산 전체가 흔들리는 듯했다. 사다리에 그 진동이 고스란히 전달되어 매달려 있는 것만으로도 힘에 부쳤다. 발파 작업이 시작된 것이었다. 나는 사다리에서 떨어질까 봐 온 힘을 다해 매달렸다. 잠시 후 아래쪽에서 갱도가 무너지는 듯한 커다란 굉음이 들렸다. 동시에 사다리가 무섭게 다시 흔들리더니 갑자기 왼쪽으로 뒤틀렸다. 그리고 머리 위쪽 어딘가에서 갱도 벽에 연결된 사다리 오른쪽이 툭 하며 순식간에 끊어지는 것이 느껴졌다. 어찌할 새도 없이 나는 무게 중심을 잃으며 아래로 떨어지기 시작했다.

그 순간 나는 움직이는 것을 타 본 경험이 거의 없었다는 것을 깨달았다. 움직이는 무언가에 매달려 본 기억은 옥순이가 태어나기 전 어머니께 매달린 게 마지막이었다. 사다리가 흔들리고 끊어질 줄은 꿈에서도 상상하지 못했다. 다시 한번 더 번갯불이 치니 추락하는 나를 아래에서 기다리고 있는 물웅덩이가 시야에 들어왔다. 물에 빠진 나는 물웅덩이 깊숙이 들어가 허우적대다가 죽을 힘을 다해 수평 갱도로 기어올라 왔다.

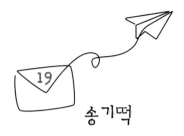

송기떡

아이들에게는 말하지 않았지만 사실 나는 우리가 황금을 가져오기로 계획을 세웠던 날부터 사다리를 오르는 연습을 하기 위해 마을의 감나무에 다시 오르기 시작했다. 집에서 나와 동네 우물을 지나면 마을에서 가장 높은 감나무가 있다. 새벽에 광산으로 향하는 길에 나무를 타고 오르며 과연 내 힘으로 사다리를 타고 수직 갱도를 오를 수 있을지 시험해 보았다. 어렸을 때 나무에서 떨어져 꼬리뼈를 다쳐 몇 달을 누워 있었던 적이 있어 그 이후로 한 번도 오르지 않았던 나무였다.

어릴 적 그때는 나무에 먼저 올라 있던 민덕이가 나를 팔로 밀치면서 내가 그대로 미끄러져 땅으로 떨어지고 말았다. 나는 너무나도 아팠지만 씩씩거리며 일어나 민덕이에게 옆에 있던 돌멩이를 집어 던지고는 울면서 집으로 걸어갔다. 민덕이도 내가 던진 돌멩이에 오른손을 맞아 울면서 집으로 갔던 것 같다. 나는 이유도 없이 나를 밀친 민덕이가 너무도 미웠고 통증이 계속되는 꼬리뼈 때문에 더욱 분했다.

아버지와 어머니가 소작 일을 하러 나가시고 혼자 꼼짝도 못한 채 집에 누워 낮잠이 들락 말락 한 순간이면 바람이 집 뒤 대나무 숲에서 만들어 내는 쏴아악 하는 소리가 들려왔다. 그런 날에는 낮잠을 푹 잘 수 있어 다행이었다. 아침부터 먹은 것이 없어 허기진 채 부모님이 돌아오실 때까지 마냥 누워 있어야만 하는 날에는 잠도 오지 않고 눈을 말똥말똥 뜬 채 누워서 하루를 다 보내야 했다. 그런 날이면 분한 마음을 참을 수 없어 엉덩이 통증만 사라지면 얼른 달려가 민덕이의 머리

채를 다 뽑아 버리고 말겠다고 다짐했다.

그날도 배에서 꼬르륵거리는 소리를 들으며 혼자 방 안에 누워 있었다. 방 안이 너무 답답하여 방문이라도 열자 싶어 누운 채로 방바닥을 조심스레 기어 방문을 손으로 열었는데 문 밖에 민덕이가 서 있었다. 나와 눈이 마주친 민덕이는 깜짝 놀라 뒤로 물러섰다.

"너, 이 기집애, 여긴 왜 왔냐?"

나는 누운 채로 민덕이를 노려보며 화를 냈다. 민덕이는 우물쭈물하다 입을 열었다.

"계집애, 죽지는 않았구만. 목소리가 칼칼한 걸 보니 기운은 쌩쌩하구만."

"뭣이 어째? 내가 일어나기만 해 봐. 너 가만 안 둘 거야."

민덕이는 내 말에 대꾸는 않고 손에 들고 있던 송기떡 두 개를 마루에 놓고 돌아섰다. 나는 팔을 뻗어 송기떡을 잡아 들고 민덕이를 향해 집어 던졌다.

"이딴 거 안 먹는다."

내가 집어 던진 송기떡이 흙마당에 뒹굴었다. 민덕이는 돌아서서 송기떡을 집더니 흙을 털고 내 손이 닿지 않는 마루 끝에 올려놓고 돌아갔다. 나는 씩씩거리며 방문을 닫았다.

"웬 떡이 마루에 있냐?"

어머니가 일을 마치고 돌아오시며 말씀하셨다.

"더운 여름에 여기에 두면 상할 건데. 다행히 아직 안 상했네. 정자야, 이거 누가 갖다 놨냐?"

나는 모르는 척하며 대답했다.

"몰라요."

"누가 말도 없이 우리 정자 먹으라고 갖다 놨나 보구만. 하루 종일 배 고팠지? 이 떡 먹자."

어머니는 송기떡을 들고 방 안으로 들어오셨다. 뒤따라온

아버지가 방 안으로 들어오시고 내 상체를 본인 무릎 위에 살짝 올려 떡을 먹기 좋게 높게 세웠다. 어머니는 송기떡을 손으로 잘라 한 조각을 아버지께 드린 다음 내게도 한 조각을 주셨다. 아버지는 송기떡을 작게 한 입 베어 드시고는 내게 주셨다.

"맛나네 그려."

"왜 더 안 드시고요?"

"나는 문상 다녀와야지."

"민덕이 아버지는 추울 때 그리 고생하셨는데 좀 나아지나 싶더니 이렇게 더울 때 갑자기 가시는구만요."

"사람 갈 때 정해져 있까니."

"그쵸. 얼른 다녀오세요."

민덕이네 아버지는 그날 민덕이가 내게 다녀간 시간 이후 돌아가신 듯했다. 민덕이가 나를 감나무에서 떨어뜨린 날 나는 민덕이에게 우리 아버지가 힘이 세 남들보다 품삯을 더 받아 온다고 자랑을 실컷 해댔던 것이 떠올랐다. 얼마 후 내 꼬리뼈 통증이 사라졌고 나는 다시 부모님을 따라 밭일을 하러 나갔다. 그리고 그곳에서 일을 하러 나온 민덕이를 만났다. 아버지가 돌아가신 후 민덕이는 보통학교를 그만두고 어머니를 따라 일을 다닌다고 했다. 나는 민덕이에게 피 뽑는 요령을 가르쳐 줬다. 민덕이의 머리채를 잡아 뜯겠다는 다짐은 애저녁에 사라진 후였다.

몇 번 오르니 감나무를 오르는 것 정도는 별것도 아니었다.

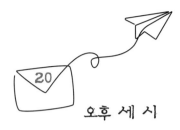

오후 세 시

웅덩이에 빠지면서 입과 코로 흙탕물을 연신 들이마신 바람에 한참을 캑캑댔다. 물을 토해 내고는 숨을 고르며 안전모를 힘겹게 벗었다. 그리고 갱도에 드러누워 버렸다. 그 와중에도 묵직한 황금석이 물에 빠지지 않고 작업복 안에 잘 들어가 있는 것이 느껴졌다.

얼마 후 나는 정신을 차리고는 황금석을 밖으로 꺼내어 손에 쥐고 걷기 시작했다. 조금 걷다 보니 천정에서 떨어진 큰 돌덩이들이 갱도에 나뒹굴고 있는 것이 보였다. 아까 발파 작업

이후에 갱도가 무너지는 소리가 나는 것 같더니 실제로 갱도의 천정 일부가 무너져 내린 것이 분명했다.

　조금 더 걷자 갱도에 화약 냄새가 진동했고 뿌연 가루가 갱도에 가득 차 이마등을 비추어도 앞을 분간하기가 힘들어졌다. 나는 조심스레 벽을 손으로 짚으며 앞으로 나아갈 수밖에 없었다. 화약 연기를 들이마시니 코가 점점 따가워졌다. 왼손으로는 코를 비비고 오른손으로는 벽을 짚으며 기억에 의존해 갱도를 걸었다. 걸으며 생각하니 이대로 지상으로 나가면 감독관에게 걸려 분명 호되게 혼날 것이 분명했다. 거기에 황금석까지 들고 온 것이 발각되면 혼나는 것으로 끝나지 않을 것 같았다. 들고 있는 황금석을 갱도에 그냥 버리고 지상으로 올라가든가 아니면 숨겨 놓고 올라가야 했다. 얼마 전에 발견된 지하 호수가 생각이 나서 나는 그곳에 황금석을 숨겨 놓기로 했다. 나는 천천히 지하 호수를 향해 걸어갔다. 갈림길이 나올 때마다 오른쪽 갱도로만 세 번을 선택해서 걸어가면 갱도 끝에 있는 지하 호수에 도착할 테니 앞이 보이지 않더라도 어려울 건 없다고 생각했다.

텅 빈 갱도에 홀로 있으니 크게 소리를 한번 내 보고 싶어졌다. 광산에서 여태 일하면서 작업 감독들에게 혼날까 봐 한 번도 큰 소리를 입 밖으로 내어 본 적이 없었다.

"하하하하하하하하…."

내 목소리가 처음이자 마지막으로 갱도에 울려 퍼졌다.

한참을 걸으니 멀리서 물이 떨어지는 소리가 들렸다. 지하 호수에 다다른 듯했다. 뿌연 돌먼지를 뚫고 나아간 이마등 불빛이 지하수에 젖어 반짝이는 벽에 반사되었다. 드디어 지하 호수 근처의 막다른 벽에 도착한 것이다. 나는 바닥을 더듬어 광부들이 놓고 간 망치와 정을 찾았다. 그리고 그것들로 황금석에 옥순이의 이름을 새겼다. 왠지 옥순이의 이름을 새겨 넣어야 다시 황금석이 내게 돌아올 것만 같았기 때문이다. 나는 이름을 새긴 후 망설임 없이 황금석을 호수 가운데로 집어 던졌다. 황금석이 풍덩 소리를 내며 호수 아래로 내려갔다.

　나는 갱도를 따라 다시 걸었다. 그런데 첫 번째 갈림길에 도착도 하기 전에 갱도에 진동이 일어났다. 그리고 갑자기 내 앞쪽에서 나무 기둥이 부숴지면서 갱도 천정이 무너져 내리기 시작했다. 나는 뒤돌아서 다시 지하 호수 방향으로 달렸다. 하지만 내 걸음보다는 암반의 붕괴 속도가 훨씬 더 빨랐다. 내 머리 위로 커다란 돌덩이가 떨어졌고 나는 의식을 잃었다.

　얼마 만에 눈을 떴는지 모르겠다. 어슴푸레 보이는 빛을 보며 지상으로 실려 나온 것이 아닌가 싶었는데 불행히도 그것은 희미한 이마등이 갱도 벽을 비추는 불빛이었다. 한참 동안 멍한 정신으로 누워만 있었다. 처음에는 내가 왜 여기에 이렇게 누워 있는지도 생각하지 못했다. 그러다 서서히 기억이 돌아왔지만 왼쪽 눈꺼풀 말고는 몸이 전혀 움직여지지 않았다. 얼마 후면 사람들이 나를 구하러 내려올 줄로만 알았지만 아무도 오지 않았다. 아무래도 암반이 꽤 심각하게 붕괴된 것이 분명했다. 몇 시간이 지난 건지, 혹은 며칠이 지난 건지 알 길이 없으니 답답했다. 집에서 홀로 나를 기다리고 있는 옥순이가 걱정되어 미칠 것 같았다. 저녁도 못 먹고 나를 기다리다 홀로 지쳐 잠든 것은 아닐까 걱정됐다. 그러다 큰 사고가 났으니 주위에 소문이 퍼졌을 것이고, 그러면 누구라도 찾아와 옥순이 밥은 챙겨 주고 있지 않을까 하며 위안을 삼기도 했다.

지금이 밤이라면 옥순이가 멀리 있는 집에서 나처럼 누워서 자고 있지 않을까 생각도 했다. 그러다 문득 옥순이와 나는 서로 거리만 조금 떨어져 있을 뿐이라는 생각이 들었다. 그런 생각이 드니 옥순이와 나 사이에 있는 두터운 산과 들과 마을이 사라지고 옥순이가 내 옆에 누워서 편히 자고 있는 것처럼 느껴졌다. 나는 마음으로 옥순이에게 팔베개를 해 주었다. 옥순이의 쌔근대는 숨소리가 들려왔다. 옥순이의 숨소리를 들으니 마음이 편해졌다. 그리고 시간이 흘렀고 나는 이제 여기서 영원히 잠들 것이라는 것을 자연스럽게 알게 되었다. 그리고 졸음이 몰려왔다. 이제는 나도 진짜로 편하게 한 숨 자야겠다고 생각했다. 그때 꿈결 속에서 내 안으로 들어온 누군가가 부르는 고운 노랫소리가 울려 퍼졌다.

- 목요일은 모든 가능성의 바구니
- 우리들의 오후 세 시

나는 그 노래를 들으며 부디 옥순이가 배곯지 않는 편안한 삶을 살 수 있기를 기도했다. 내 동무들은 황금을 팔아《심청전》을 보러 갈 수 있기를 기도했다. 그리고 보노루가 잡히지 말고 자유롭게 산을 뛰어다닐 수 있기를 기도했다.

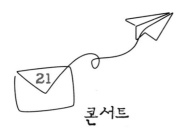

콘서트

외할머니는 자신의 이름이 새겨진 황금석을 말없이 한참 동안 바라보셨다. 그날 우리 가족은 외할머니의 입을 통해 외이모할머니가 돌아가신 이유를 알게 되었다. 외할머니는 그날의 광산 사고로 다른 레벨의 갱에서 일하던 많은 광부들이 목숨을 잃었다고 했다. 엄마도 외이모할머니의 죽음에 관한 이야기는 외할머니로부터 그날 처음 듣는 이야기라고 했다. 나는 그때서야 왜 외할머니가 그토록 가족들이 광산에 들어가는 것을 싫어하셨는지 이해할 수 있었다.

"외이모할머니가 돌아가시고 외할머니는 어른이 될 때까지 어떻게 살았어요?"

"나는 이모 집에 맡겨졌어. 이모 집도 형편이 쪼들렸고 자식이 넷이나 있었기 때문에 나를 맡아 주는 게 쉬운 일은 아니었을 텐데 피붙이라 그런지 내치지 않고 품어 주셨지. 이모와 이모부 모두 근면하신 분들이셔서 무슨 일이든 하시면서 애들을 키우셨지. 사정이 안 좋을 때는 본인들은 하루에 한 끼만 먹을 때도 있었어. 하지만 애들은 절대 굶기지 않으셨어. 하다못해 콩깻묵과 피죽으로 끼니를 때울지언정 절대로 한 끼도 굶기지는 않으셨어. 소작 일을 하던 이모부가 나중에는 도저히 안된다고 생각하셨는지 광산에서 쇳부대 옮기는 일을 하셨지. 그러다 다치셔서 늑막염으로 한참을 고생하시면서 앓다 돌아가셨어. 그런데 그렇게 고생하시면서도 학교는 꼭 보내셨어. 내가 월사금을 못 내서 학교에서 혼나고 들어와 펑펑 울면서 다음 날 학교에 안 간다고 버텨도 무조건 학교에 보내셨어. 선생

님한테 맞더라도 무조건 학교에 가야 한다고 믿었던 분들이
셨어.

　이모와 이모부 자식들은 나를 사촌이 아니라 형제처럼 대
했어. 다들 막내동생처럼 아껴 주셨지. 광산에서 정자 언니랑
같이 일했던 언니의 동무들도 고구마며 떡이며 먹을 것을 들
고 나를 일부러 찾아와 돌봐 주었어. 나중에 6.25 전쟁이 나고
인민군들이 우리 마을로 온다고 해서 다들 뿔뿔이 흩어졌지
만 왜정 때만 해도 정말로 자주 봤어. 언니 동무들이 어린 나
를 데리고 경성에도 간 적이 있었다니까. 기억은 가물가물하
지만 경성에서 전차도 타고 또 어떤 여자 가수가 꾀꼬리처럼
노래 부르는 것을 구경하고 왔지. 그때 그 언니들은 어떻게 그
렇게 내게 잘해 줬는지 몰라."

　우리 가족들 말고는 내가 동굴에서 외이모할머니를 만났다
는 것을 아무도 믿지 않았지만 나는 아무래도 상관없었다. 다

만 동굴에서 만난 외이모할머니와 더 많은 이야기를 나누지 못한 것이 아쉬울 따름이었다. 나는 동굴에서 나를 바라보던 외이모할머니의 따뜻한 눈빛이 어린 시절 외할머니에게 항상 향했던 바로 그 눈빛이라는 것을 알 수 있었다. 나는 그 눈빛을 다시 외할머니에게 전해 드리고 싶어 자주 병원에 가 외할머니와 눈을 마주 보며 많은 이야기를 했다. 가끔은 기타를 메고 가 외할머니에게 자작곡을 들려 드렸다. 외할머니는 내가 동굴에서 만든 〈털송〉을 가장 좋아하셨다.

나는 외할머니에게 황금석을 선물로 드렸고 외할머니는 엄마와 의논하신 후 병원에서 퇴원하시기도 전에 황금석을 일제의 강제 동원과 관련된 역사관에 기증하기로 결정하셨다. 나는 외이모할머니의 이름이 적히지 않은 황금 부분은 좀 떼어 내면 어떻겠냐고 조심스레 말했다가 외할머니가 깨어나시고 활력을 되찾은 엄마에게 오랜만에 등짝을 맞았다. LTC의 콘서트를 보기 위해 시작한 나와 친구들의 황금 탐험은 이렇게 전혀 예상하지 못한 방식으로 일단락됐다.

우리들의 황금 탐험은 끝이 났지만 아직 LTC의 콘서트는 시작도 하지 않았다. 나는 황금 탐험을 함께했던 친구들을 다시 스터디 카페로 불러 모았다.

"우리 콘서트 가야지."

"무슨 수로? 다시 황금 가지러 동굴로 들어가자는 얘기하려는 거 아니지?"

아이들이 웃으며 말했다.

"아니거든. 이제 플랜 B를 실행할 거거든."

"플랜 B가 있었어?"

아이들이 두려운 눈빛으로 나를 쳐다보았다.

"잘 들어 봐. 우리가 동굴에서 공연을 하는 거야. 희정이는 나랑 같이 기타를 치고 소윤이랑 아솔이랑 규선이는 이제부터 연습해서 춤을 추는 거지. 민채는 우리 매니저 하고. 이번에 거기 동굴에서 일하는 어른들 많이 알게 됐잖아. 우리가 부탁하면 공연을 할 수 있도록 도와주지 않을까? 공연비는 각자 콘서트 티켓 값 정도 받는 걸로 합의 보고."

"으이구, 정우야. 그게 되겠냐? 나 늦어서 먼저 학원 간다."

소윤이가 자리에서 일어나며 말했다.

"야, 그러면 연극이나 뮤지컬을 해 보면 어때? 제목은《황금 동굴의 소녀들》."

"야, 우리도 늦겠다. 얼른 학원 가자."

희정이도 도무지 못 들어 주겠다는 듯이 나를 데리고 일어났다.

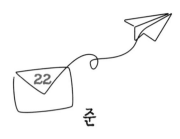

준

우리들 중 유일하게 오사카 콘서트에 간 것은 희정이었다. 나는 희정이도 나처럼 최애를 Navy에서 Joon으로 바꾼 줄로만 알았는데, 그게 아니었다. 희정이의 최애는 여전히 Navy였다. 그리고 놀랍게도 희정이네 엄마도 Gardener였고 최애가 Navy였다. 동굴을 다녀온 후 엄마와 대화를 하며 이 사실을 알게 된 희정이는 Navy도 보고 오사카에서 야마토 카츠라기산 등산도 하자며 엄마를 꼬셨고, 결국 성공했다. 역시 마도는 대단했다.

한편, 나머지 아이들은 콘서트에 가지 못한 것을 생각만큼 섭섭해하지는 않았다. 우리들의 최애인 Joon이 콘서트 예매가 시작되기 전에 활동을 멈추고 종적을 감추었기 때문이었다. 그때 전 세계 Gardener들은 난리가 났었다. 세계 여러 국가의 헤드라인 뉴스로 Joon의 소식이 실렸다. Joon의 잠적에 대한 여러 가지 음모론이 난무했다. 소속사와의 불화설이나 멤버들과의 불화설이 가장 먼저 나왔다. 다음에는 Joon이 사실은 죽었고 지금까지 대역이 Joon 역할을 하다가 발각되어 종적을 감춘 것이라는 설이 돌았다. 뒤이어서 Joon이 시간 여행자여서 다시 미래로 돌아갔다는 설과 외계인이어서 자기 행성으로 돌아갔다는 설도 나왔다. 다행히도 Joon이 미리 준비해 놓고 간 영상과 편지가 공개되어 이 모든 설들은 사실이 아님이 밝혀졌다. Joon은 영상을 통해 자신이 LTC를 떠나는 것이 아니라 이 세상과 진짜로 더 깊이 연결되고 싶어 세상 속으로 들어가는 것이라고 말했다. 소속사와 다른 멤버들은 Joon

을 지지하며 언제라도 그가 여행을 마치고 돌아오기를 기다리겠다고 발표했다.

Joon이 종적을 감추고 시간이 지나자 Joon을 최애로 삼았던 Gardener들이 하나둘씩 최애를 바꾸기 시작했다. 하지만 나는 변함없이 Joon을 최애로 삼고 그가 쓴 가사의 수수께끼를 풀고 있었다.

오빠는 군대 가기 전에 내게 주는 선물이라며 내가 콘서트에 갈 수 있는 돈을 줬다. 나는 Joon이 없는 콘서트에는 갈 필요가 없었기 때문에 오빠에게 돈을 돌려주었다. 그러자 오빠는 내가 갖고 싶어 했던 새 기타 하나를 선물하고는 추운 겨울에 입대를 했다.

드디어 외할머니가 퇴원을 하신다. 나는 엄마와 병원에 가 퇴원 수속을 마치고 외할머니를 모시고 외할머니 집으로 향했다. 엄마는 외할머니께 우리 집에서 같이 지내자고 했는데 외할머니가 귀찮다며 집에서 편히 지내고 싶다고 단칼에 거절하셨다. 그래서 엄마와 나는 이번 겨울 방학 동안 외할머니 집에서 지내기로 우리끼리 결정해 버렸다.

외할머니를 모시고 집 안으로 들어오자 온 집 안에 온기가 가득했다. 병원에 가기 전에 들러 새벽부터 미리 켜 놓은 보일러와 창문으로 한껏 들어온 따뜻한 햇살이 온 집 안을 따뜻하게 데우고 있었다. 외할머니는 기분 좋은 표정으로 집 안으로 들어가셨다.

엄마는 주전자에 물을 끓여 보리차를 만들고 외할머니가 좋아하시는 햇밤고구마를 삶았다. 외할머니와 엄마가 안방에서 주무시는 사이 나는 고구마가 언제 익는지 궁금하여 젓가락으로 고구마를 연신 찔러 보았다. 그러다 한 개의 고구마만 찌르니 그 고구마만 모양이 안 예뻐지는 것 같아 이것저것 찔러댔다. 어느 순간 고구마 안으로 젓가락이 쑥 들어가는 것을 보고 김이 펄펄 나는 고구마를 집게로 들어 올려 접시에 담아 식탁 위에 올려놓았다. 잘 우려낸 보리차도 컵에 따라 함께 식탁 위에 두었다. 그리고 외할머니와 엄마를 깨우러 안방으로 들어갔다.

안방에는 외할머니와 엄마가 요를 깔고 나란히 주무시고 계셨다. 외할머니의 손을 잡고 자는 엄마를 보자 나도 같이 눕고 싶어졌다. 나는 잠들기 전에 외이모할머니가 보고 싶어 주머니에서 핸드폰을 꺼내 외할머니의 어린 시절 흑백 사진을 찍어 놓은 사진첩을 열었다. 그때 핸드폰 진동이 울리며 Gardener 클럽에서 새로운 공지가 떴다는 알람이 떴다. 얼른 알람을 터치하니 Joon을 짐바브웨에서 봤다는 Gardener들의 목격담이 연이어 게시판에 올라왔다.

나는 조용히 방문을 닫고 살금살금 걸어가 엄마 옆에 누웠다. 그리고 바로 달콤한 잠에 빠져들었다. 이때 내 미소를 꿈속에서 외이모할머니는 보셨을까? 나는 Joon이 낸 수수께끼를 드디어 풀었다. 잠에서 깨어나면 만들 새로운 노래가 꿈결에 두둥실 떠다녔다.

작가의 말

한 사람이 죽으면 그 사람의 마음은 사라집니다. 원자는 사라지지 않으니 육체를 이뤘던 원자들은 그 사람의 육체가 되기 전에도 그래 왔듯이 먼 훗날 태양이 지구를 삼키기 전까지는 지구 표층에 남아 순환하겠지만, 마음은 그렇지 않습니다. 한 사람이 감각하고 느끼고 꿈꿔 왔던 모든 고유한 것들은 한순간에 전구가 나가듯 사라져 영원한 어둠 속에 묻힙니다. 그리고 남은 사람들은 다시는 그 소중한 불빛을 볼 수 없어 애통해합니다. 그런데 우리가 그것이 사라진 것조차 알지 못해 애통해할 기회마저 갖지 못한 채 깊은 암흑 속에 사라져 버린 수많은 마음들이 있습니다. 국가 간 전쟁과 내전, 기아와 질병, 학대와 노동 착취로 세상에서 사라진 수많은 약자들의 마음입니다. 그리고 조금만 시간을 돌려 일제 강점기로 돌아가 보면, 역시 그곳에서도 우리가 알지 못하는 사이에 사라져 버린 정말로 많은 마음들이 존재했다는 것을 알 수 있습니다.

일제는 1905년부터 조선을 강점했습니다. 그리고 태평양 전쟁 직전인 1941년에는 전쟁 자원 확보에 필요한 노동력을 충당하기 위해 「여자광부갱내취업허가제」 특례를 반포하여 16세 이상의 조선 여성들까지 갱내 노동에 강제로 동원하기 시작했습니다. 이 소설은 그 당시 일제에 의해 강제 동원되어 광산 노동자로 일하던 중 사고로 목숨을 잃은 한 소녀의 마음에 다가가는 이야기입니다. 처음에는 시공을 거슬러 그 소녀의 마음에 닿는 것이 마치 사다리가 끊어진 수직 갱도를 오르내리는 것처럼 불가능하게만 느껴졌습니다. 하지만 어느 순간부터 저 대신 그 일을 해 줄 수 있는 누군가의 마음과 두 마음이 만날 수 있는 장소만 있다면 그것이 꼭 불가능하지만은 않을 것이라는 희망을 품게 되었습니다. 그때 제 마음속 요청에 답해 준 것이 정우라는 가상의 소녀와 광명 동굴이라는 상상 속 장소입니다.

따라서 저는 이 소설을 읽는 독자분들께 제가 보여 드리는 상상 속 광명 동굴에 대한 역사적 사실과 외형적 묘사가 실제와 차이가 있음을 말씀드리고 싶습니다. 우선, 현재는 광명 동굴이라고 불리는 일제 강점기의 시흥 광산에서 여성이 갱내 노동을 했다는 자료는 발견되지 않았습니다. 학자들은 일제 강점기의 조선인 강제 동원 실태에 대해 그간 우리가 알지 못했던 새로운 역사적 사실을 밝혀내고 있으나 아직도 연구되지 못한 많은 부분이 존재하는 것 역시 사실입니다. 일제 강점기 여성의 갱내 강제 동원에 관한 최근 연구 결과를 참고로 소개해 드리면, 조선 총독부가 1941년 10월과 1942년 3월 사이

조사한 광산 여성 노동자의 갱내 노동 상황 자료가 존재하며, 해당 자료에서는 광산 여성 노동자로 허가된 인원이 4,000명에 이르고 그 인원들은 황해도, 평안도 등 주로 북부 지역에 집중되어 있음을 확인할 수 있습니다. 또한 당시 평안북도에서 광산 갱내 작업 여성이 1,000여 명에 달한다는 보도가 실린 신문 기사를 분석한 연구도 존재합니다.

다른 한편으로는 소설에서 묘사된 광명 동굴의 외형과 구조 역시 실제와는 차이가 있습니다. 가장 큰 차이는 보조 수직 갱도의 존재 유무입니다. 소설 속 광명 동굴과는 다르게 실제 광명 동굴에는 정자와 정우가 사용한 보조 수직 갱도가 존재하지 않습니다. 또한 대중에게 공개되지 않은 지하 갱도 어딘가에 황금석이 들어 있는 지하 호수는 아마도 없지 않을까 싶습니다.

무엇을 완벽하게 그려 내거나 설명하는 일은 불가능하다는 것을 알고 있습니다. 제가 이 소설에서 그려 낸 과거와 현재의 어느 날들과 사람들과 그들의 마음은 단지 제가 그려 낸 구멍이 숭숭 뚫린 상상 속 모습일 따름입니다. 그러나 제가 책임져야 할 그 빈곤한 상상 너머에는 독자 여러분이 스스로 탐구하여 다가갈 수 있는 과거와 현재의 어떤 세계와 마음이 분명히 존재합니다. 저는 독자 여러분이 그 세계 속으로 천천히 들어가 보시기를 추천합니다. 그러면 반드시 그 세계에서 누군가 혹은 어떤 것의 마음을 접하게 될 때가 찾아올 것입니다. 그때가 되면 부디 용기를 갖고 그 마음을 돌봐 주세요. 여러분의 마음과 여러분이 돌보는 그 마음들이 모여 우리의 과거와 현재를 변화시킬 수 있을 것이기 때문입니다.

황금 동굴의 소녀들

1판 1쇄 인쇄 2022년 11월23일
1판 1쇄 발행 2022년 11월30일

지은이 | 이수복
펴낸이 | 한소원
펴낸곳 | 우리나비

등록 | 2013년 10월 25일(제387-2013-000056호)
주소 | 경기도 부천시 작동로 3번길 17
전화 | 070-8879-7093 팩스 | 02-6455-0384
이메일 | michel61@naver.com

ISBN 979-11-91884-30-2 43810

★ 책값은 뒤표지에 있습니다.
★ 이 도서는 경기문화재단의 2022 문화예술 일제잔재 청산 및
  항일 추진 민간공모 지원사업의 일환으로 발간되었습니다.